字黑未来文烛

TopBook

晏藜-著

# 桃花与蟹

四 季 里 的

风 物 中 国

陕西新华出版传媒集团
陕西人民出版社

图书在版编目（CIP）数据

桃花与蟹：四季里的风物中国 / 晏藜著. -- 西安：陕西人民出版社, 2022.11

ISBN 978-7-224-14690-5

Ⅰ.①桃… Ⅱ.①晏… Ⅲ.①散文集—中国—当代 Ⅳ.①I267

中国版本图书馆CIP数据核字（2022）第179034号

| 出 品 人： | 赵小峰 |
| 总 策 划： | 关　宁 |
| 出版统筹： | 韩　琳 |
| 策划编辑： | 王　倩　王　凌 |
| 责任编辑： | 武晓雨　张启阳 |
| 装帧设计： | 哲　峰　杨亚强 |

## 桃花与蟹：四季里的风物中国
TAOHUA YU XIE: SIJILI DE FENGWU ZHONGGUO

| 作　　者 | 晏　藜 |
| 出版发行 | 陕西新华出版传媒集团　陕西人民出版社 |
| | （西安市北大街147号　邮编：710003） |
| 印　　刷 | 陕西金和印务有限公司 |
| 开　　本 | 787毫米×1092毫米　1/32 |
| 印　　张 | 9.5 |
| 字　　数 | 159千字 |
| 版　　次 | 2022年11月第1版 |
| 印　　次 | 2024年4月第4次印刷 |
| 书　　号 | ISBN 978-7-224-14690-5 |
| 定　　价 | 59.80元 |

如有印装质量问题，请与本社联系调换。电话：029-87205094

二十四节气七十二候月令

## 立春

梅英疏淡,冰澌溶泄,
东风暗换年华。

一候,东风解冻;
二候,蛰虫始振;
三候,鱼陟负冰。

雨水

天街小雨润如酥,
草色遥看近却无。

一候,獭祭鱼;二候,鸿雁来;三候,草木萌动。

## 惊蛰

月出惊山鸟,
时鸣春涧中。

一候,桃始华;
二候,仓庚鸣;
三候,鹰化为鸠。

## 春分

昨夜闲潭梦落花,
可怜春半不还家。

一候,玄鸟至;
二候,雷乃发声;
三候,始电。

## 清明

试上超然台上看,半壕春水一城花。
烟雨暗千家。

一候,桐始华;二候,田鼠化为䴏;三候,虹始见。

## 谷雨

一川烟草,满城风絮。
梅子黄时雨。

一候,萍始生;
二候,鸣鸠拂其羽;
三候,戴胜降于桑。

立夏

连雨不知春去,一晴方觉夏深。

一候,蝼蝈鸣;
二候,蚯蚓出;
三候,王瓜生。

## 小满

夜来南风起,
小麦覆陇黄。

一候,苦菜秀;二候,靡草死;三候,麦秋至。

芒种

别院深深夏簟清,
石榴开遍透帘明。

一候,螳螂生;
二候,䴗始鸣;
三候,反舌无声。

## 夏至

水满有时观下鹭,
草深无处不鸣蛙。

一候,鹿角解;二候,蜩始鸣;三候,半夏生。

小暑

荷风送香气，
竹露滴清响。

一候，温风至；
二候，蟋蟀居宇；
三候，鹰始鸷。

## 大暑

一霎荷塘过雨,
明朝便是秋声。

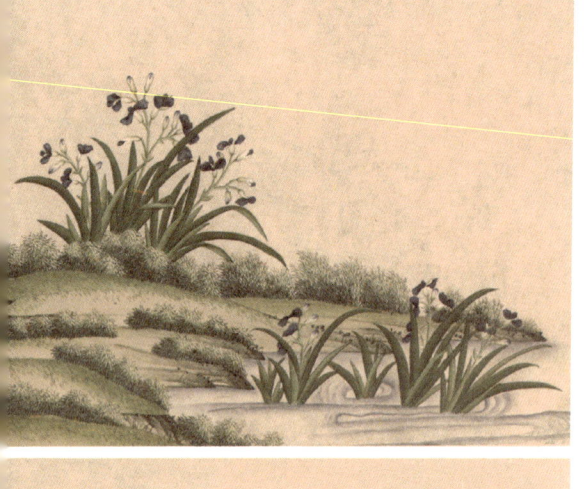

一候,腐草为萤;二候,土润溽暑;三候,大雨时行。

立秋

空山新雨后,
天气晚来秋。

一候,凉风至;二候,白露生;三候,寒蝉鸣。

## 处暑

乳鸦啼散玉屏空,
一枕新凉一扇风。

一候,鹰乃祭鸟;
二候,天地始肃;
三候,禾乃登。

白露

露从今夜白，
月是故乡明。

一候，鸿雁来；
二候，玄鸟归；
三候，群鸟养羞。

## 秋分

中庭地白树栖鸦,
冷露无声湿桂花。

一候,雷始收声;二候,蛰虫坯户;三候,水始涸。

## 寒露

菊花开,菊花残。
塞雁高飞人未还,一帘风月闲。

一候,鸿雁来宾;二候,雀入大水为蛤;三候,菊有黄华。

## 霜降

草木摇落露为霜,
群燕辞归鹄南翔。

一候,豺乃祭兽;
二候,草木黄落;
三候,蛰虫咸俯。

# 立冬

败荷零落,衰杨掩映,岸边两两三三,浣沙游女。

一候,水始冰;
二候,地始冻;
三候,雉入大水为蜃。

## 小雪

林表明霁色,
城中增暮寒。

一候,虹藏不见;
二候,天气上升;
三候,闭塞而成冬。

# 大雪

隔牖风惊竹,
开门雪满山。

一候,鹖鴠不鸣;二候,虎始交;三候,荔挺出。

## 冬至

邯郸驿里逢冬至，
抱膝灯前影伴身。

一候，蚯蚓结；
二候，麋角解；
三候，水泉动。

## 小寒

檐流未滴梅花冻,
一种清孤不等闲。

一候,雁北乡;二候,鹊始巢;
三候,雉始雊。

# 大寒

冬尽今宵促,
年开明日长。

一候,鸡始乳;二候,征鸟厉疾;三候,水泽腹坚。

# 序言

## 风物眼量

○ 龚静

近几年在快捷的现代社会中奔波的人们确乎时时感同身受着各种焦虑和疲惫，在传统文化重新被呼唤之时，古人那种顺应自然节气的生活方式似乎让现代人眼前一亮，哦，原来我们的老祖宗们是这样生活的呀，衣食住行，在在皆于自然万物相生。当然，其实，这种生活一直都在啊，也其实一直都润物细无声于现代生活，只是被四肢忙心也忙的人们有意无意漠视罢了。这么说来，媒体自媒体的，春夏秋冬的，都要热闹一番。相关的书籍也出来不少，至于究竟是否深入个人内心和行为的，其实也究乎不同个体的感知和呼应了。

于晏藜来说，对这样的生活方式是她心心念念的。在有山有水的安康之少年生活，厦门上海两地大学，研究生后又工作于西安的人生经历，山水、古城和那些连接着千年历史的风土人情，无形中又加持了她的这份对传统文化生活的心念。她喜欢古典诗词,喜欢中国绘画,喜欢那种古典艺术的诗意,于是,写作时也不免颇为追求字词的唯美。记得她几年前在复旦大学中文系念创意写作专业时,在我任教的《散文写作实践》课上的第一次作业,写赏游杜甫草堂,文辞很讲究,其实当时我还委婉地指出她有时候文辞的唯美并不必然带来内质的丰富。她是很有悟性的女生,慢慢也更多地在文辞和内容间找到妥帖的关系。毕业时她以一篇现实题材的小说《龙凤》作为自己的毕业作品,语言平实,却细腻,于人物塑造和人物心理的表达妥帖水乳。

而在这本《桃花与蟹》中,晏藜对语言的敏感和细腻唯美的追求恰好切合了其所表达的"四时里的风物中国"主题。"青春""朱夏""白秋"和"玄冬",融色彩和季节,又诱引出画面感的词汇,是四季,也是该书的四个章节。从春雨开始,到围炉夜话,二十四个节气,在作者笔下感知、体肤、接纳、感应、感受,并且时时地"有情"张开审美的触角拥抱所有的四季变化,在日常的每一天中应和万物和人心人身的往通。所以,作者不单是照搬史书或月历的节气知识,而以自少而长的生活经历和文学艺术的阅读观赏感受去创作,她笔下的风物不只是风物,更是"情景交融"的风物,是"这一个的风物"。所以,我们可以看到"春雨心事"里的"渔客",看到回忆"故乡夏日",行走"秋至洞庭",时时从西安进山看"岁寒雪后,终南深处的松柏竹",而作者也时时经由当下的都市生活打量过往，思考当下，在繁忙的日常中践行感知往通自然生气的感念，在偷闲的行旅中感受季节和各地风情，且于表面的风情中看到背后的经济和人文，窃以为这样的表达是较一味的风花雪月要深入的，毕竟在现代商业社会中，自然风物与人和社会的关系，并非那么单纯，总有着诸多牵丝攀藤的关系，好比"渔客"中的渔夫，他如今在潇湘上的撒网打鱼不过是给人拍照的背景，是拿工资的旅游节目，全非往日真正的"渔夫"，连同一湖山水，都不过是制造的"风景"。好比那些人们远行归来照片中的大树山径荷锄牵牛行的老汉，其实也非农业社会中的耕作图，乃风景地的常规节目。自然人文生态的变化中，风物已非固定，时代社会的变化中诸种都在变化。

当然，人们总希望"常"大于"变"，所以尽管地球气候已然变化异常，像沪上今年的秋天"待机超常"，冷空气虽偶有报到，气温还是偏暖，于是四季桂蜡梅白玉兰共生共时了，传统的节气在现代的变化面前，也不免迷糊了。当然，"四时佳兴与人同"，身心妥帖的心愿总希望在忙碌内卷的生活节奏中安放，也好比虽然在南方难见雪白，岁末的时候不免会想起那句"天欲雪，能饮一杯无"，这些就像某种基因，埋伏在我们的身心内部，在某个或恰好或突如其来的时刻，浸染包裹你。那么，读读晏藜笔下的这些文字，这些晏藜感受到的"风物时光"，倒也是蛮恰宜的。

说起来，感觉自己与晏藜也是颇有些缘分。首先是师生的缘分，其次觉得从生命成长而言也颇有些关系，虽然我出生成长于上海嘉定，晏藜则家乡陕南安康。嘉定是江南古城风格，且老街老屋练祁河，且马路街衢市集之城市，且田畴老宅乡村，嘉定如今当然发展得更加城市化，但我常依然有一种"在上海之内，却也在上海之外"的感觉，嘉定于海派文化之更多江南文化的渊源的。回想少时，就时时感受着外婆一日三餐中逢熟吃熟，应节气而相生的烟火气，也时不时跟着外婆去乡下走亲访友，江南农村的老宅村野炊烟劳作并不是风景，而是日常。尚未踏访安康，但从照片看有山有水，城虽小，房虽旧，但山水和生活的相融则有意无意成为一个人生命的底色的。也许因了这样的渊源，虽然和晏藜隔了二十几年的时空，但彼此之间有着某种生命的相通之处，而于古典诗词绘画等文化艺术上的共情，江南和陕南就有了更多的呼应共感。

临2021年底了，从2020年肆虐全球的新冠病毒还在变异着，人和人之间，国家和国家之间，过去习惯的生活方式和人文生态已然太多的变化，虽然网络使线上的沟通变得容易，视频音频也能连接人的声音和影像，不过似乎还是并不能完全替代线下的互动和连接的，那些细节和微妙，只能面对面才会发生和体察。虽然如今都在憧憬"元宇宙"给人类社会带来更多的可能性，我也觉得现代人自然会渐渐适应AI社会，不过基因的记忆潜伏于肉身，并未成为机器的人大概还是更希望看到真实的山林，触摸到真实的同类吧。

那么，我们还是欢喜春天闻着土地的气息，喝一杯春气满满的春茶，看叶子在秋风里转红，看冷冬里屋檐下的冰滴，体会一把踏雪访旧的温暖。是切肤的风物，也是世间之眼量。我想，晏藜也会与我同感的。

其实我向来是婉拒给他人著述写序的，作为写作人，深知认真写作之不易，很多精心的表达，文字里的款曲，未必就一定为人所了然。而一本书一旦完成，其实也有着自己的命运，有缘遇见的人各有各的读后感，吾之一篇短文又能说些什么呢？写了这些话，恐怕还是不免并非一定及物，何况有晏藜丰美的"风物"在，那就作为一份师生缘分的纪念吧。

2021 年 12 月 24 日

于沪上静水斋

**龚静**
作家，
复旦大学中文系副教授，
中国作家协会会员，
上海作家协会理事。

## 前言

### 当你看见风物

这是一本关于四时风物的小书。书名中的桃花与蟹，分别是春秋两季中最典型的风物之一，它们是人们所钟爱的，同时也代表着一年最易动情的两个季节。

在很长的岁月里，中国人的生活绕不开二十四节气。若将几千年以农治国的中国，比作一个巨大的农场，那么二十四节气就是这个农场所有活动的调度中心。先民们从物候的变化中觉察出关于天文和气象的规律，然后机智地从中发掘出实用性，定出规则来指导四季稼穑。从"立春、雨水、惊蛰、清明"到"处暑、白露、小雪、大寒"，寒暑交替、四季渐变的规律被掌握在人们算日子的指头上，前人整理出来，后人一代代传承照做，该什么时辰就做什么事情，一般就能保有五谷丰登。

当然，中国古人觉察到寒暑有序的起始，自然比文字产生的时代还要更早。即使他们并不知道自己所处的地球正围绕着太阳运行，所谓寒热交替都是受到太阳直射点变化的影响，然而这样的局限并不妨碍他们敏感地在一年四季的变化和与不同景物的周期性重逢中总结出某种规律。体感的寒暑和月亮的圆缺是关键的节点，于是，人们便根据寒暑将物候的一次轮回定为一年，又根据月相将一年平分为二十四份。这应该就是二十四节气的雏形，非常朴素，都是先民们从时间中自然得来。

人们对这种自然的时序充满敬畏，如今我们依然可以在许多古书中找到痕迹。在大约成书于汉代的《礼记·月令》篇里，种种解释不了的自然规律便被神秘化。那时的人们已经确定了太阳对人们的重要性，并依之划分了四时。人们发现了四时征候与太阳方位变化的关系，比如"孟春之月，日在营室"，于是"东风解冻，蛰虫始振，鱼上冰，獭祭鱼，鸿雁来"。吹在肌肤上的风，入耳的虫鸣，河里的鱼，河边的獭，天上的飞鸟……种种显而易见的征候为人们带来了信息——"是月也，以立春。"古人在时节的每个节点都设有庄重的仪式。在立春前三天，大史会拜见君王，严肃言明："某日立春，盛德在木。"提醒人间的掌权者，要以庄重的仪式来表达对四时五行的敬畏。于是，立春这天，天子会亲自带领三公九卿和诸侯大夫们，去东郊迎春祭神。然后，随着太阳的位置移动到"奎""胃"，仲春、季春也接踵而来。接着又是"毕""翼""尾"，夏、秋、冬渐次轮换。

先人们生活在自然中，同种种物候比邻而居，他们经春而夏，复秋又冬，自然是他们获取信息唯一的平台。人们小心翼翼地体察着生存环境的变化，越久就越觉得自然之力的不可名状。人世中再尊贵的人，在它面前也狂妄不起来。立春、春分、立夏、夏至、立秋、秋分、立冬、冬至，二十四节气中最重要的八个节气大约就在此时定型，战国后期成书的《吕氏春秋》里清楚记录下它们的名称，以分界四季。

《逸周书》中有一篇《时训解》，大约是战国后期到秦朝时形成的。隔着两千多年回溯，依然能体会那时人们在一年中所感受到的：立春后的第二个月，山坡上的桃花像是忽然就开了，还没来得及惊讶，黄莺也开始叫了。又过几天，老鹰不见了，布谷鸟站在梢头，该不是老鹰变的吧？……春天很忙，没干完地里的农活，转眼就立夏了。夏天是从蝼蝈的鸣叫声中到来的，蝼蝈还没装满儿童的篓筐，地底下的蚯蚓也要上来做客了，天气一天天热起来，地里的土瓜也长起来。大暑过后，腐草化作萤火虫。空气愈发炎热，土地日益潮湿，积蓄了几天的大雨倾盆而下……雨后暑气消散，立秋这天，吹过来的风有凉意了。路边的草叶上滚动着晶莹的露水。寒蝉开始鸣叫……天气继续转冷，倏忽间雪花飘落，小雪一停，天上再不见彩虹。阴冷，天地间川流凝结，闭塞成冬。

都是天地间最寻常的景物，人们却能依靠它们的变化，做出种种判断和应对。比如雨水后"草木不萌动"，便"果蔬不熟"；清明后"桐不华",便"岁有大寒";大暑后"腐草不化为萤",便"谷实鲜落";寒露后"菊无黄华",便"土不稼穑"。这些世代归结出的规律给予人们指引。古人甚至还将自然的现象延伸到人情社会中,立春后若"风不解冻",朝廷中就"号令不行";春分后若"雷不发声",诸侯就会"失民";小满后"靡草不死",天下将盗贼纵行;大暑后"大雨不时行",便"国无恩泽"。这当然也有过度演绎的成分,但它们作为预兆,却合乎当时的某些世态人情,给人们以警醒与寄托。

  这就是普通百姓的一年四季,像在数着日子,也像在数着周围隐然有序的风物,数着数着,不知不觉就随着这难以捉摸的变化度过了一生。可能现在有人会觉得这一切枯燥无聊,也有人说在现代城市中已经很难全面地看到这些变化,毕竟城市化以后,许多人早不再仅仅依靠天时和农事活着。但是,我们依然能够从这些古老的文字里,从"春雨惊春清谷天,夏满芒夏暑相连"的规则中,感受到过去的人们对自然的感知和敬畏。他们从没有间断过观察和思考,也从来没有停止过体会时序演变给他们的生活带来的不同。

  庄子曾说:"天地有大美而不言,四时有明法而不议,万物有成理而不说。"的确,无论是在时间中经过,还是在空间里存在,风物从来都是不言不语的。

目录

# 青春

春雨心事 \ 003　　渔客 \ 010

灯如昼 \ 016　　桃花气 \ 019　　杏花疏 \ 023

岁岁花朝一半春 \ 027

天上有雨，地下有伞 \ 031　　虹始见 \ 036

布谷，布谷 \ 040　　牡丹，《牡丹亭》\ 043　　春尽日 \ 049

# 朱夏

故乡夏日 \ 055　　夏下帘来 \ 061　　蓝田谷 \ 066

大满与小满 \ 071　　扇底风凉 \ 074　　芒种，麦陇黄 \ 079

艾草有心，何求人折 \ 083　　夏至极 \ 087

荷花风 \ 091　　林泉高致 \ 095

夏席，云烟之具 \ 100

棋声惊昼眠 \ 104　　淡烟流水画屏幽 \ 109

大暑后，腐草化为萤 \ 114

# 白秋

秋至洞庭 \ 121　　秋夕 \ 130　　中元，思故人 \ 135

秋气潇潇 \ 139　　已讶衾枕冷 \ 142

白露为霜 \ 146　　石榴的夏与秋 \ 150

秋日长安 \ 155　　夜未央 \ 160

中秋月明人尽望 \ 163　　皎皎月，白玉盘 \ 170

秋雨梧桐叶落时 \ 175　　重阳节后，采菊东篱 \ 179

人迹板桥霜叶红 \ 183　　归来看取明镜前 \ 188

一蟹浮生 \ 192　　银杏千年 \ 196

## 玄冬

立冬，柿柿如意 \ 203　　寒水静 \ 207

天欲雪，能饮一杯无？ \ 211　　快雪时晴，佳 \ 217

岁寒雪后，终南深处的松柏竹 \ 223　　冬至，昼与夜的辩证法 \ 227

庭前垂柳珍重待春风 \ 231　　腊八粥，淡中有其真滋味 \ 237

大寒天，冻不掉的小趣味 \ 241　　西风吹冷沉香篆 \ 245

日晷影，更漏声 \ 249　　围炉夜话 \ 253

后记 \ 259

青春

簪
雨水
管
凤檐
伞
华灯
花信
桃
杏花
春分
花朝节
梅
清明
虹
布谷
晦日

## 春雨心事

下班路上淋回一点春雨。一直想拥抱春天的温润,这一刻心愿得偿。虽然这几天家里只自己一个人,却仍买了新鲜蔬菜,认真做了顿饭。春天里不买花,花店橱窗里的哪有枝头上的好看呢。

这一夜突然停电,索性暂停了文字,独自在空洞的黑暗中静坐一小时。平日里各种人事信息塞得太满,此刻多数感官被迫静止,反而触摸到了真实的安宁。这一股宁静平时觉察不到,但却是扎实恒定的存在,酝酿着普度——起码眼前故事里的仁慈。

想起还在江南的时候,有一回,好像也是这样的一个暮雨天。我坐在教室的窗边发呆,突然被从外面弹进来的雨水惊醒。临近清明的雨已是催花雨了,轻柔绵软,润物无声,是春时雨该有的样子。讲台上教授好像在分析《源氏物语》的人物悲剧逻辑,可一句也听不进去,满脑子全是"白雨跳珠乱入船"的画面。心动难耐,下了课就赶最近的高铁去了杭州。

对西湖这样的临时起意,在江南的那些年,没有十次也有八次。不说苏、白二堤,曲苑、柳浪,就是杨公堤、龙井村、虎跑泉、灵隐寺……哪里都有我曾经虚掷过的光阴。为了孤山的梅花,为了曲苑的风荷,为了湖舟上的雨雪,为了烟霞里的古塔晚钟,为了姜家最早的一杯明前茶,为了秋后外婆家的虾仁和醋鱼……不说它背后的千年岁月和万般情韵,单单西湖,都是尽日风光看不足。

那些年做过的太多无聊事,许多都关于这个湖。有一回独行至孤山,见眼前山水空蒙,突然就想,若此时此刻,眼前这一片水墨之中,能有一个撑着红伞的人走过就好了。于是便在原地等了两小时。

想不到竟真让我等到了。水墨天地间,一点红由远及近而来,画面顷刻间被点亮。虽然是这么小而无聊的一件事,却也偷偷收在心里得意了很多年。

近来再次清简生活和生活资料,能交付的通通交付出去,尝试只限身前。不在繁杂世事里安放欲望,不在贪心不足中虚度时间。然后发现,生活真的没什么着急的事,所拥有的也总绰绰有余。

正月已过多半,新年也完全过完了。人们的生活从假日模式调过来,随着悄悄回来的春天一起回到平常的轨迹中。雨水是这时节特别的仪式。古老的《月令集》中有一段歌谣般的文字:"立春后继之雨水,且东风既解冻,则散而为雨矣。"春天属木,有木定有水。立春之后东风解冻，天地间冰雪融化、寒气消散，雨水因此形成。

到了雨水，天地间新一轮的鲜润气儿便渐渐透出来，过去人说雨水后有三候："一候獭祭鱼，二候鸿雁来，三候草木萌动。"早春的雨来得无声无息，杜甫诗里说："好雨知时节，当春乃发生。随风潜入夜，润物细无声。"万物有灵，小动物们先于人类觉察到自然微妙的变化，于是一场温柔的雨后，水獭开始捕鱼，鸿雁自南归北。再然后，所有草木也开始陆陆续续地萌芽。但也只是萌芽，存在感并不怎么强，远看仿佛有，近看却又不真切了。所以才是——"草色遥看近却无"。

这是春天里最初的雨，和晚些的"清明时节雨纷纷"以及再晚些的"梅子黄时雨"都不一样，更温柔也更朦胧，是一个过渡，也像是天地给人们的一个启发——"此时风景，不作喜雨之歌，即为醉翁之操，无不宜也。"这雨水浸润下的心境，和这恬淡自然的时节最为相宜。

记不清有多久没有好好听过一场雨了。如今住在城市的高楼上，窗外没有檐篷，再大的雨也只是遥遥地看着从远处化成雨线唰唰而过，却听不见记忆中那淅沥绵密之声了。

小时候总觉得从雨水到清明的这段日子，有一种小而薄的清凉。所有的日常都像是被淋慢了。反正也出不去，就待在家中享受雨水的馈赠——我小时候家住一楼，窗户外面都装有防水的檐篷，一下雨，滴答声就响起来。那是童年时节奏天然的乐曲，每回下雨都趴在窗前听，一听就是一夜，不知何时睡着了，梦里也是滴滴答答的。有一句老话说，雨这种事物，"能令昼短，能令夜长"，觉得对极了，雨确有这变幻时间的魔力。

清人张潮在《幽梦影》中提到过他喜欢的两种雨声——"梧蕉荷叶上声"与"承檐溜筒中声"。就像是风过松声最相宜，雨水打在梧桐、芭蕉与荷叶之上，也比落在其他地方更好听。过去人家中庭院常植有梧桐木，桐木高细清美，细雨一落，便"到黄昏，点点滴滴"；秋凉渐满，窗外的芭蕉叶片也早长得硕大，人们坐在房中，静听着"山窗雨打芭蕉碎"，恍惚间模糊了眼前的真与幻。黛玉说她不喜欢李商隐的诗，却独喜欢那一句——"留得枯荷听雨声"。从此荷也和雨声牵连起来。雨打草木的清新我们随时看得到，但那"承檐溜筒"，却是现代城市中不常见的景观了。

"檐"与"雨"也总是被连在一起的。"卧听檐雨落三更""泣尽风檐夜雨铃""檐溜不鸣知雨止""茅檐秋雨对僧棋"……仿佛有屋檐合着一搭，雨就更有了诗意。中国的古建筑形制多样，单是檐，就有不少样式。而无论是繁复如重檐歇山顶，还是简单如单檐悬山顶，都是人们仰头即见不容忽略的头面。过去，人们称从檐上滑下的雨水为"檐滴"，倒是贴切。"雨微檐滴缓""檐滴断还连"，都是等在屋檐下的观雨人的心情——既要屋檐遮挡

明·姜隐《芭蕉美人图》

这幅画描摹出了中国古代女子休闲娱乐的场景。一名女子一边洗手一边垂眸望向棋盘,等待着加入即将开始的战局,另一名女子则坐在棋盘边,含笑而待。她们身后,芭蕉挺拔苍翠,湖石古朴瘦劲,石阶上芳草萋萋,与背景的沉郁形成鲜明对比的,是女孩子们衣装的明丽、神情的恬淡。这样的画景,在我们今天依然似曾相识。

免受浸淋，又不舍雨水立刻落下，希望它能缓上一缓。

如今在城市中，想要找个既能听雨又有氛围的屋檐，似乎不太容易。但也并不是完全就没有，比如在每年雨水之后、谷雨之前的江南。这么长的雨天，足够在小桥流水人家、枯藤老树青石巷，还有人家屋顶上瓦片堆起的老房下，履足关于檐下听雨的旧梦。嘉兴有座西塘古镇，虽说和别的小镇一样是小桥流水，但那里却有一座别处没有的烟雨长廊。名为"烟雨"，但人走在这廊下，却是一点雨都淋不着的。近九百米的长街，都铺满了防雨的屋顶，屋檐长长地几乎要垂到河边。相传这道长廊的由来，是关于百年前一个女孩温柔含蓄的心事，给道路修上檐顶，心上人就不必再经受风吹雨打了。悠悠上百年，不知有多少人闲庭信步地从下面走过，不用困顿于日头的炙烤与烟雨的湿凉。温柔的江南心意。

有一次去西塘时赶上了一场暮雨。一路上天色昏沉，换了几次交通工具，难免狼狈，但一进镇子，望见粉墙下因风皱面的微澜与黛瓦边被雨淋湿的檐角，心一下子就松下来。又走过几个石桥，隔着水瞧见长廊边人家的灯光，青团香和这雨的湿气一齐飘过来，勾起似曾相识的前尘往事。晚上便睡在沿河的小楼中，夜雨在檐外滴答了一夜，迷糊中想，明早巷子中会碰到卖杏花的姑娘吗？

檐下还有长排的美人靠，雨天坐在那里，看对岸屋檐上的旧瓦被雨水洗得发亮。"一春雨梦常飘瓦"，说的应该就是眼前这一幕吧?彼岸的屋檐潮湿在远处,此岸的檐滴落在你眼前。还有江南的风,顺檐边竹筒溜下的雨水,同檐滴汇聚到一处后,一起流入阶下的小河中。

## 渔客

陕南春天山水明净，但因山石嶙峋，春分前的草木并不能让它显得葱茏，所以一山一山远眺出去，只能见到漫山毛毛刺刺的苍色底子上，桃花、杏花、梨花和油菜花一块块地晕染出明艳的色泽。吾乡山水是寻常，瀛湖、流水、石泉、岚皋、云雾山、观音河……就连从小就听的这些地名，都浸润在一片山水中。

沿汉水而上开往瀛湖，这条路近年来一直在整修，今天看路况很好，这些年来还是第一次把车开得这么顺畅。我们想去山间找片人迹罕至又视野开阔的草地，这种地方在山中有成千上万处，得看途中的哪处最合眼缘。最终在通向岚皋的路上随意拐进了一个山口，沿着山道一直盘旋向上，过了好久，停在一户人家的门前。

由不得你不停下。这家门前有一片不大的油菜花畦，畦下长河万山尽在眼底。屋子像是新盖的，却仍是陕南常见的庑顶、粉墙、黛瓦，门窗上还贴着属于新春的红。庭前一树小桃花娇俏可爱，而几步之外，一棵老树下落荫已满，主人家专门在下方修了一方纳凉的石案。主人应离开不久，院子里的小桌上还留有半杯清茶和几块橘皮……

风景真是好看，但美景背后，人也背负着实实在在的生活。如今还不得不居于深山之中，守着这样纯粹的山水和古老的生活的人，故乡还有很多。我们大概都能想象他们会经历怎样的悲喜，也会猜想他们可能存在的隐衷。有时觉得这可能会是最后一二代，有时又不那么确定，谁知道呢？一直没有等回主人，一场别样的"寻隐者不遇"。

下山后在汉水边的滨河公园晒太阳，在河中看到一个打鱼的老人。不由得生出些联想，那山中小屋的主人，会不会就在眼前呢？初春的水还是刺骨的，但他卷高裤腿一站就是半天，丝毫不以为意。拖着一挂稀稀拉拉的网，逆着水波，缓缓往河心走去。

这画面似曾相识，连同两岸青山，河边石缝中泛起的微腥的湿气，都能牵连起久远的记忆。我小时候常在这里玩，那时哪有什么滨江公园，河岸目之所及，尽是农田和野地。野也有野的好，人融于山川草木，和它们彼此相依。那时河上还有渡船往返两岸，坐在船上，四围山外重山。涨水的时候，甚至可以顺流而下，直接漂到沈家窝去。偶尔也会见到渔民，那时甚至还有电打网，一下去再上来，满当当一网翻白肚的鱼。后来这样的行为当然被禁止,再后来,似乎连普通的摆渡船都不见了。十五岁离乡求学后,十多年间南北求学,客舍似家家似寄,也说不清河上的渔民和我熟悉的那些生活,究竟消失于何时。

爸也兴冲冲去排队,这样直接从河里打上的鱼比市场上卖得要鲜得多,可以给宝宝吃。现在超市里看着什么都有,却反而买不到这样的鱼。结果一排就是一个小时,因为老汉并不是谁都给,要攀谈上许久的闲话,才愿意下河打一条给你。

老人本是汉水边的渔民,从小就长在江边,打打鱼,做些小买卖。后来搞"南水北调",汉水作为重要的引流,流域内都得治理。他家的居所和营生受到影响,原本的生计再进行不下去,不过好在也拿到了拆迁款,在小城里从此衣食无忧。这其实也是好事。后来他们家的旧址一带被改建成如今的滨江公园,他们作为老居民便得以在公园边开了个小店。后来他的孩子们顺利读完书去了外地做事,家里就剩下老两口守着小店打发日子。

但清福也不是人人都能消受,老人闲不住,依然时不时来到河边,张网看潮,兴致来了便下水去网上一条。打上来的鱼他也懒得拎回去,10元钱一条,随意"卖"给河边排队等候的人。如此漫不经心,毕竟他早不是为了生计。

就在我长大成人的这二三十年,变化的风浪席卷了整个国家,当然也包括故乡这座不起眼的山水小城。城市化的现代渐渐完全取代了农耕渔猎的中世纪,大多数人都已随着时代走远,可是还剩下为数不多的一些，就像汉水河畔的这个老人，他也不是没有别的选择，可这条河早将他和旧时的岁月绑在一起。他知道回不去了，或许也不想回去。只是不舍。

回想起多年前的一次远游。是去湖南的山深处，去找诗里的"潇湘"。

潇湘上还有渔翁。但已经不是在打鱼了。景区将本地原住的渔民中技术和姿态好的选出来，放置在这水墨画幅里，撒网摇橹，供游人观赏拍照。有时间限制，半个小时六网，朝夕都有。

游人们来赶稀罕，旧的拍好照心满意足地离开不久，新的又来了。有一群穿着红裙的阿姨，装扮得郑重其事，看样子是来拍集体艺术照。站在岸边等了几分钟，见渔翁半天都不动，忍不住伸出脖子催："怎么不撒呀？是不是下班啦？"

叫唤了半天，船中人终于按捺不住，没好气地冲她们吼："下班了我坐这里干什么！来一波撒一下来一波撒一下老子还不累死！"然后气呼呼扭过头，在船篷下抱着膝盖扭过头不看这些人。

在岸上看了许久的我偷笑，眼前这安静的丹青山水，此刻因这点脾气而活了起来。

他原本是江上的渔人，曾拥有过很多与风浪相伴的自在岁月。游人带走的画面中永远只有他一个人，但他身边却众声喧哗；山风江雾随时变化万千，可他每天的工作却并没有什么不同。

其实我很想去问问，从前的打鱼为生，如今的表演为生，对

## 宋·马远（传）
## 《梅溪放艇图》

此图绘制了早春时节，江中一艇即将靠岸的场景。此图作者存疑，但画中的风景，却是所有依山傍水的城中常见的。远山近水，山间烟岚，梅花青草，轻舟渔客。画中无岸，岸在观画者这边。岸上有梅树，有青草石头，还有等待的人，与画中张望的雅士遥遥呼应。看到它的第一眼，我想，这不就是故乡的风景么？

他而言究竟有什么不同。如今这样其实已经是很好的结局,他不用像大多数同乡那样离家远行,重新找事谋生。有人将他们连同这山水一起……一起经营起来,然后给了这么件他信手拈来的事情,从此再不必担忧收成,也再不必在风浪中来去。

只是在停船暂歇的某些个瞬间,他会不会想起很久以前那个真正的渔翁?那时的他,不会关心自己什么时候撒网,已经撒了几网还要再撒几网。他只会在意网中有没有鱼,能不能带回家去。如今其实也是,他表演完,还是要拿回工资来养家的。所以他冲岸上发完脾气,过不了一会儿,还是把网又攒起来,抡圆胳膊后朝岸上大喊一声:"请看。"

## 灯如昼

有些热闹是一定要凑的，比如这元月里的灯节。今年芙蓉园的灯会比去年更好，元月赏灯是中国古俗，所以一定得在有古楼阁的地方才好看。而且光有琳琅的花灯不够，还要有熙攘的人群，人们抬头要看得到明月，月下要有粼粼流水，水上要有曲折的回廊，廊中还要穿着能让灯影摇曳的风，就完美了。

灯会人多，拎了盏小宫灯在手上，护着它不被人群挤灭。但好看是真好看啊，给人惊喜的是紫云楼下的九曲灯阵，水廊下悬挂的二十四节气图。其中有盏灯最喜欢，铁丝竖成一剪寒梅，梅枝上再拿纱糊上一轮圆月，里面的光线被纱阻隔，说黯淡不黯淡，说强烈也不会很强烈，配起来有影落回廊、月上花梢的风致，有点"梅梢夜月侵吾室"的味道了。

灯作为一个神秘的意象，千百年来点缀着中国人的夜生活。

它不仅早早就代替火作了照明工具，同时也兼具极强的观赏性。看看诗人们的话，刘禹锡"数间茅屋闲临水，一盏秋灯夜读书"，是恬淡；李商隐"红楼隔雨相望冷，珠箔飘灯独自归"，是幽寂；黄庭坚"桃李春风一杯酒，江湖夜雨十年灯"，是漂泊。这盏微弱的孤灯太重要了，没有它，就照不出灯旁的不眠人；没有它，人们或许就描摹不出属于他们的夜。

自宋朝禅宗后，有一部续而不尽的佛家典籍《传灯录》。我曾想，为何传的是"灯"而不是其他呢？大概是因为再也没有一种事物，能比灯火更恰切地譬喻佛家以法传人的传统了。"千年暗室，忽然一灯。暗即随灭，光遍满故。"这里的灯光看似很有穿透力，但它的光线是温和的，不与黑暗针锋相对，不是要把夜变得和白昼一样，它给人的是氛围，氛围中有情绪，也有回忆。

《红楼梦》中黛玉写《秋窗风雨夕》的那个雨夜，宝玉来潇湘馆探望心上人，引路的婆子们点着明瓦灯笼。明瓦是用牡蛎壳磨出的半透明的薄片，因为可以透出光线来照明，所以叫"明瓦"。黛玉嫌明瓦灯不够亮，又给了宝玉一盏玻璃绣球灯。玻璃在那时是稀罕的舶来品，并不常见。曹雪芹虽没具体写灯的样子，但能叫见惯了好东西的宝玉都担心打破了，肯定是极精致漂亮的。

《红楼梦》中还写到一种很别致的"明角灯"。王熙凤就曾命人打着一对明角灯，大书"荣国府"三个大字，款款去到宁国府。

这种明角灯乃是羊角灯，取上好的羊角将其截为圆柱状，然后与萝卜丝一起放在水里煮，煮到变软后取出，用纺锤形的楦子撑大，直到撑不动了又放到锅里煮，然后再取出继续撑。这样反复几次，便能撑出既大又薄、既鼓又亮的灯罩来。

还有审美要求更高的。明代文震亨在《长物志》中就曾挑三拣四地记载道："山东珠、麦、柴、梅、李、花草、百鸟、百兽，夹纱、墨纱等制，俱不入品。""如蒸笼圈、水精球、双层、三层者，俱最俗。""篾丝者虽极精工华绚，终为酸气。""曾见元时布灯，最奇，亦非时尚也。"他将绘着花草鸟兽的丝灯、纱灯都列为不入流，认为有水精球、多层样式的都俗气，嫌弃篾条编制的寒酸，觉得元代的布灯罩不时尚。那文震亨眼中入流、脱俗、时尚的又该是什么样的呢？得是这样——"灯样以四方如屏，中穿花鸟，清雅如画者为佳，人物、楼阁，仅可于羊皮屏上用之。"四方有屏风，中间绘着花鸟工笔，看起来清雅别致，这才是合他意的。

薄薄一盏灯，竟能延展出这么多讲究。但想到它要亮过那么漫长的夜，便又觉得值得了。

## 桃花气

那天看电影《柳如是》,柳氏去探访钱谦益,在小阁中等候的时候做了一首诗,最后有这么一句:"尽日西湖夸柳隐,桃花得气美人中。"一笔提起缠绵腔调,是不凡。

万茜古装气质不俗,不太惹眼的五官给古风氛围让出很多空间,侠气似乎缺一点,但眉目中的恬淡又为她添了点隐逸之气。有几分与人世不远不近的味道,是像得了美人气的桃花。颇受一些人诟病的秦汉的口音,在电影里都觉得是加分项。江南的男士说起话来就是这个调调。温和的,徐徐的,沉静中带着恍然,像三月桃花树下的太湖石。

我闻室,河东君,匹嫡之礼,钱谦益和柳如是,合适的时间遇见了合适的人。钱谦益遇到柳如是的年纪,该经历该看的都看过了,再新鲜激烈的在他眼中也无非就那样。世态对他的吸引力早已不足。偶尔不顾风评离经叛道，还能让他重寻年轻时的刺激。这才兜得起这柳姑娘要的东西。相比之下，陈子龙就太年轻了，存在感更多要依赖于外界的认同。他倒是热血上涌，能陪着柳如是说死就死，只是一时热血弃了这人世容易，挣扎着在波澜中活着，却难。

桃花轻盈明丽，所以人们爱将它与美人相提并论。唐代有首流传很广的桃花诗——"去年今日此门中，人面桃花相映红。人面不知何处去，桃花依旧笑春风"，更给这搭配定了型。这首诗的作者名叫崔护，唐代博陵人，曾登进士第，但生平事迹今已不详。他的这首《题都城南庄》，寥寥几笔摹及桃花美人，抒发景物依旧、人事全非的怅惘。其中的桃花作为点睛之物，在一片怅惘中很显眼。这场发生在一千多年前的美丽邂逅里，有春风和暖，有桃花人面。这场相遇给诗人留下了极深的印象，于是，念念不忘的诗人在第二年的春天重游故地。可是，尽管桃花还开得同去年一样好，但姑娘却再不见痕迹了。初遇心动，再见不得，这段经历读起来很容易让人共情。谁不曾在某时某地遇到过这么一段当时只道是寻常的往事呢？

不开花的时候，桃树总给人一种漫不经心的感觉。一年中的大多数时候它都在沉睡。小时候家乡有很多野桃花，可你总记不清它究竟是在哪儿立着。直到春天的某一天，它突然醒了，满枝的柔粉哗啦一下子冒了一树，不经意摇乱人的眼睛。

宋·王诜《绣栊晓镜图》

这几乎是古往今来，每一个女孩房中的清晨都能看到的画面。「懒起画蛾眉，弄妆梳洗迟」「当窗理云鬓，对镜贴花黄」，不疾不徐。这位作画者王诜身份高贵，尚英宗宝安公主，是闺中旖旎的风致。却人品不端，为时所讥，但其画作却是自成一家。画中一位晨妆已毕的女子正在揽镜自照，她仪态端庄，面如桃花，画中另两名女子正端详食盒。图中有静有动，展示出北宋贵族恬淡雅致的生活风貌。

桃花是人们眼中常见的花木，年年岁岁，只要春天花期一至就能重见，像是一个年年来归的故人。"惊蛰之日，桃始华，桃不华是谓阳否。"如同一种隐喻。而日子总是很经不得过的，有时候分明觉得青春还尚未远去，中年甚至暮年就已接踵而来。少年时繁花过眼，目不暇接中，你没有时间回看。而到终于注意到时，红花白发，已是寻常。绛桃、绯桃、碧桃、美人桃……各色桃花的秾丽铺叠中，偶尔也不忘点缀上一星半点的白。诗人杜甫曾于江畔寻春花，也不知是经过哪一个转角，他专门为一树桃花停了下来："桃花一簇开无主，可爱深红爱浅红。"眼前这红红粉粉，深深浅浅，漂亮得很有层次。桃花花叶共生，娇俏的桃红中缀上几点葱绿，这种只会出现在春天的配色，让它看起来生机盎然。

　　桃花在人们心中向来是很有存在感的。人们看见它明艳张扬的色泽，很自然地就会想起少女明媚的青春，初见时未经离殇的爱情。这或许跟《诗经》中一首很有名的诗有关，先秦的人们在诗中这样唱道："桃之夭夭，灼灼其华。之子于归，宜其室家"。这是拉着桃花的美来比兴，祝贺一位少女的出嫁。其中"夭夭"和"灼灼"两个词，都是在形容桃花的张扬、繁盛与明媚，这是独属于青春的美。这个搭配很合乎常理，在古人的认知中，女子正该以盛时而嫁，明媚春时，风华正茂的少女从夭夭灼灼的桃花林中经过，踩着一地桃花瓣，走向她前途未卜的人生。不管后来如何，这一刻总归是很美的，桃花得气美人中。

## 杏花疏

春分后,去华胥谷看杏花。谷里一年只逢这一回花期。从半山下到谷底,再回环着往上,漫山遍野都是杏花,越往高处就越盛些。茫茫的白色中,偶尔夹杂着几树猩红,映着苍原、青天与春水,实在好看。杏花花期极短,别看眼下开得热闹,几天之后,但凡碰上一场稍大些的风雨,只需一夕,眼前的绚烂立刻凋零。这些年几次因此错过杏花,无论因什么稍有延宕,反正等终于登上山坡时,谷中已然沉寂,只残留花萼与花蕊,印证着尚未走远的花期。是春天里最不愿接受的来不及。

杏花不似梅兰清冷,也不若桃李灼灼,在百花争春之中,原不算引人注目。但它却是继惊蛰的桃花之后,最早能探知到三春风暖的花树。惊蛰后,在街边见到一株白色杏花树含苞,明亮的白花瓣被聚拢在暗红花萼中。看那样子,只要再来口春风一催,立刻就会盛开。果然，次日再路过，就见朵朵白花摇曳在枝头。

杏花树大、根浅、花多，开时观之极盛。杏花有白、红、黄等诸般颜色，要说亮眼自然还是红杏，"满园春色关不住，一枝红杏出墙来"，占尽风头。但在生活中，似乎还是白色杏花多见些。白色杏花气质温润，和其他明媚鲜妍的花木相比，看着还是平淡了些。单独一树并不引人注目，定要在苍茫山谷中蔚然成林，就像这终年沉寂的华胥谷，也只在这杏花开时，才裂开这一道旖旎的缝隙。

杏林浩荡，在谷中流连半日，人反被分散于花间。虽是花期，但每朵杏花开落的时间却未必全然相同，有敛蕊未放的，赤浓花萼裹住花心，凝聚出纯红色泽；有白英初绽的，红色花心被白瓣冲淡，中和成微微的红；还有开得极盛、眼看要落下的，则已将多余的颜色冲洗干净，只剩纯白。有几对父母带着孩子在林中围坐，面对这样烂漫的风光，孩子们哪里能闲得住，林子里到处都是他们奔跑欢腾、大笑大闹的影子。父母们则坐在不远处，望着孩子们在这杏林春光里释放勃勃生机。

相传孔子曾除地为坛，在坛边环植杏树，名之曰"杏坛"。《庄子·渔父》中载："孔子游缁帷之林，休坐乎杏坛之上，弟子读书，孔子弦歌鼓琴。"阳春三月，林木葱茏，杏花正好，孔子鼓琴而歌，弟子们在一旁专注读书，春光和煦。

元代一个文人曾留下一句散词："为报先生归也，杏花春雨江南。"毫无人为雕琢的痕迹，从此，"杏花春雨"便成了江南春色中最为典型的意象。梨花带雨楚楚动人，桃花带雨也浓艳有致，但它们都不比温润的杏花更适合那烟雨迷蒙的画面。"客子光阴诗卷里，杏花消息雨声中"，平日里并不多见这样的浑然天成。若论花论果，杏花自然不算多么特别的花，但杏花却被赋予了诗意，便能引着人们的思绪从眼前一直延伸至远方。

杏花开在春分到清明的朦胧春色中，外表清丽悦目，气质也平易近人，可任人远近观赏，乃至随意攀折。南宋陆游有句关于杏花的名句——"小楼一夜听春雨，深巷明朝卖杏花"，画面感很强，场景旧了，心情却仍能引起共鸣。春天一往无前的生机，在下雨时却难免一时半刻的停滞。雨水连绵的日子，人们身心被自然困住，于是不得不沉下心来，静心审视自己当下的处境，对比今朝与过去。诗中的游子羁旅在外，在春分时节的他乡听了一夜的雨，他叹息风尘，感怀人情之余，突然想起了明日街巷里卖花担上的杏花，心中又被拉回些微暖意，这或许是眼前唯一能确定的了，毕竟它从来触手可及。

"疏影横斜水清浅，暗香浮动月黄昏"，此后"疏影""暗香"二词便一直被用来形容梅花，但如果仔细观察就可发现，杏花开时，朵朵间有缝隙，团团间有距离，是真正的疏影。月下也能闻见它恬淡自持的香气。杏花疏影里有过去，当年苏东坡任职徐州之时，春分节后遇友人来访，他便邀客吹洞箫饮酒于杏花树下。

"忆昔午桥桥上饮,坐中多是豪英。长沟流月去无声。杏花疏影里,吹笛到天明。"陈与义词最后这一句一景,喜欢了很久。我似乎从未经历过这样的一夜,但说不上原因,就觉得杏花疏影与落落笛声,一直存在于记忆里。

"二十余年如一梦,此身虽在堪惊。"杏花的平静中,隐藏着惊心的世情,每个人都觉得有足够的时间可供蹉跎,可到了最终,甚至都没能来得及看一眼杏花的盛放,它就已快速凋零。不过还好,今年没有来不及。尽管成年人的生活之中永远有比看一场杏花更重要的事,但到底成行。

## 岁岁花朝一半春

谈花朝要先提月夕。

在古代，花朝一直与月夕相对应。说起月夕可能还有人陌生，但它的另外一个名字——"中秋节"，应该就没人不知道了。《风俗志》中完整地提到这两个节日的关联："盖花朝月夕，世俗恒言二、八两月为春秋之半，故以二月半为花朝，八月半为月夕也。"花与月，朝与夕，春与秋，二月半与八月半，名称和时间上都对得如此整齐，可见在古代，这两个节日的地位一度是相当的。不过中国疆域广阔，各地气候迥异，花信也不同，因而花朝节的日期也有不同的说法，但主要还是在二月初到二月半左右。

春花秋月被并在一起提的次数太多了，有时也会让人没有新鲜感，但这的确是春秋二季乃至四季里最美的景物了。南北朝萧绎《春别应令诗》中有这样一句:"花朝月夜动春心,谁忍相思不相见。"美景会不经意增加看客的孤独感,因希望与之分享欢愉的人却不在身边。物之感人心动人情者,在地莫如朝花,在天莫过夕月。而且这动人的美是会变化的,花有绽放凋零,月有阴晴圆缺,两者都在时序转换的时候,带给人们明显的欢欣与伤感,让人直面自己内心最真实的感情。

花朝节在历史上曾风靡一时,古人将这一天附会为百花生日,每到这一天,人们会结伴去郊外游览赏花,姑娘们尤其会在这天相约出户,祭拜花神。唐代司空图有"伤怀同客处,病眼却花朝"的句子,宋代《梦粱录》中:"仲春十五日为花朝节,浙间风俗,以为春序正中,百花争放之时,最堪游赏。"《红楼梦》中,每逢花朝,大观园里的女儿们也一定会约在一起,吟咏赏春。

要映衬这时节的百花齐放,花朝节当然也是个色彩缤纷的节日。宋代杨万里的《诚斋诗话》注云:"花朝为扑蝶会。"花间戏蝶今天也能见到,但过去的花朝节却有今天见不到的习俗。欧阳修在撰写《洛阳牡丹记》中写道:"洛阳之俗,大抵好花,春时,城中无贵贱皆插花。"簪花是我国一直就有的习俗,每逢仪典、喜事和节日,男男女女都爱在发鬓上别一朵鲜花。后来这个习俗没能广为流传,但在花朝这天却是例外,明代的花朝节都还可见"城中妇女剪彩为花,插之鬓髻,以为应节"的景象。

明人刘侗在《帝京景物略》中描绘当时北京城南风物,特别记载了古人春时赏玩的花卉："入春而梅、而山茶、而水仙、而探春。中春而桃李、而海棠、而丁香。春老而牡丹、而芍药、而栾枝。"那是怎样的一种景况呢？"都人卖花担，每辰千百"，卖花郎们每个时辰都能卖出成百上千枝鲜花，而且这些鲜花并不是今天花店外四时摆放的玫瑰康乃馨那样，而是依着春天时序物候的演进，不经意几天过去就有新的变化，每一个变化都含着古老中国的风致。

但"花朝"后来还是被遗忘了，只留下了像"百花生日是良辰，未到花朝一半春。万紫千红披锦绣，尚劳点缀贺花神"这样的诗句，供后人想象这个浪漫节日在百年前的盛况。再后来，"月夕"的常用名变成了"中秋节"，名法上的对应关系也消失，于是"花朝"便更加没有了复兴的理由。

可还是会忍不住期望。如果它能和"月夕"中秋节一起流传于今，时代又会给它怎样的演变呢？但这毕竟只是假想，也没有什么具体的细节可供捕捉，网上偶尔冒出的汉服爱好者组织的活动也终不是心中的所想。不过既是漫谈，就大胆地空想吧。"月夕"时明月圆满，象征团圆的骨肉。若照此说，"花朝"时百花繁盛，当象征极盛的年华。中秋节消弭了距离的遥远，让相隔天涯的人们可以凭借一轮明月"共此时"。那么花朝就可以淡化时间的流逝，让白发苍苍的老者在这一天里，借一枝春花重拾青春。所谓朝花夕拾。

也不至于总那么悲观,毕竟窗外春光依然大好不是吗?南宋刘克庄的词中有这么一句,"从此年年岁岁,莫负月夕花朝",一句"从此年年岁岁",仿佛在送别着什么。虽然他说的并不是我以为的意思,但若将"月夕花朝"这样的时节,冲入"岁岁年年"的洪流中,便也不觉得遗憾了。

## 天上有雨，地下有伞

清明时节雨纷纷，天上既有雨，地下就要有伞。

伞是人们生活中再平常不过的物件，天上风云难测，瞬息万变，但有把伞，心里就踏实下来，何时的雨落下来，总能被它遮挡在外。每一户人家里都会有一个属于雨伞的角落，一个抽屉、一方柜角，平时不见，下雨要出门时就拿出来。这是人们生活中不可或缺却不被察觉的安全感。

中国是雨伞的故乡。中国是世界上第一个发明伞的国家，古伞和今伞形制虽有不同，但也都是作遮阳挡雨之用。先秦时的人们就在《诗经》中写道："尔牧来思，何蓑何笠。" 蓑和笠指的都是用竹篾、箬叶及一些防水的树皮编成的，雨天人们穿在身上挡雨，就像是我们今天的雨衣。东汉《说文解字》中还提到了一种叫"簦"的物件，"簦，笠盖也。从竹，登声"，这是一种有柄的斗笠。一根棍子支起一小片"棚子"，其实就是伞早期的样子了。《太平御览》引文提道："张帛避雨，谓之繖，盖即雨伞之用，三代已有也。""繖"读如"伞"，也是早期伞名称的一种。而到了唐代，"伞"这个名称就最终被确定下来。

关于雨伞的发明，古时有很多传说，其中有一则关于春秋时的发明家鲁班和他的妻子。相传当时还没有伞，为了让人们尽可能少地暴露在烈日暴雨之下，鲁班就在道路的沿途建造了很多亭子。他自己却免不了终日奔波，风雨侵袭。妻子不忍丈夫经受风吹雨打，她终日担忧，总想如果能有一个随身带着的小亭子就好了。于是她仿照丈夫所造的亭子的样子，用木条树皮和草叶扎出了一个轻便的小棚，又装上了手柄。这样一来，丈夫出门在外就可以随时带着，再不必被晒被淋。类似的传说还有家喻户晓的《白蛇传》，白娘子和许仙初遇之时，也是以一把雨伞定情。雨伞这平平无奇的日常之物，竟能轻松盛下人世间最深刻温暖的情意。其实原本就是如此，情感的初衷，本就无须多少惊心动魄的周转，多么满城风雨的誓言。它本来是那样简单，我心系你，所以不忍你经受一丝一毫风雨的侵扰。温一壶酒在厨下，送一柄伞在你身边，好将疾风苦雨都隔绝在你之外。

所有实用性的物件，都是为与人方便才出现的。伞被造出后，材质上也在慢慢发生改变，伞面从简朴的草木延展到了昂贵的丝帛。造纸术出现后，人们又尝试在纸上刷上桐油防水，于是最普遍的纸伞便出现了。作为人们生活中随处可见之物，它也免不了曾被附着上丰富的社会信息。尤其隋唐以后，伞的形制被严格划分为三六九等。古时帝王出行，所用之伞是绸缎制成的"华盖"，以彰显威仪。王侯次之，用"紫盖"伞，普通官员再次之，用"青盖"等，不一而足，使用者的地位不同，所使用的具体颜色便不相同。就连形式上也有"曲盖""导盖""葆盖"和"孔雀盖"之类的分别，高低半级都要凸显出来。《隋书》中有当时通行的用伞礼仪：亲王、公主、三司以上，用紫伞；皇室宗亲及三品以上官员，则用朱里的青伞；而"青伞碧里，达于士人"。到了宋代，皇家则有"方伞、大伞"，紫表朱里，四角装饰有金龙，辉煌气派，王公以下则用"四角青伞"。"青伞"的规定存在一些漏洞，引起了上下跟风，于是当时国都里稍微有点财势的人都用青伞。于是朝廷只得下令只许亲王用之，其他人不得使用。

这在今天看来多少有点不可思议，连把伞都要被用以别尊卑。而到了明清，这种管控变得更加严重，洪武年间，平民百姓不能用罗伞只能用纸伞，而即便是官吏，也要视级别而定是否能"张伞盖"，用什么颜色的"浮屠顶"，是用"青绢表红绢里"还是其他，伞盖上能不能加装饰，等等。今天看来稀松平常的一把青色雨伞，放在当时，可能就是一个渴望腾达的士子一生的追求。

有时候人心中的欲望，或许更多只是源于一叶障目，看似"上进合宜",实则却离生活的本真越来越远,以至远到握伞在手的人几乎忘了,眼前之物,不管看起来是金玉锦绣,还是草木素布,它不过是一把伞罢了。

"一竿翠竹,巧匠批栾。条条有眼,节节皆穿。四大假合,柄在人手。归家放下,并不争先。直饶瓮泻盆倾下,一搭权为不漏天。"宋代释道济的这首偈子,很简单却极通透,一竿翠竹、一蓑烟雨,条条节节,不漏遮天,雨时柄在人手,雨过归家放下,不冒功,不争先,只是安静地在几步之外存在着。这种伞,我小时候在外婆家见到过。没有花里胡哨的装饰,手工削的竹条做伞架,当时常见的小皮纸做伞面,上面除了刷过几笔桐油外,其余什么都没有。

## 宋·刘松年《博古图》

这是松林之中的一场博古雅集。画面之中，一群文人雅士会集于松林之中，一同鉴赏前代的珍玩。画面中有男有女，有老有少，神情认真者有，迷醉者有，嗟叹者有。文物是一个民族在既往的社会活动中留存下的遗物和遗迹，华夏的金石、典籍、器物中蕴藏着先民丰富的生活信息，审美取向，收藏、品鉴古物也历来都是中国文人引以为贵之事。

## 虹始见

突如其来一场过云雨,傍晚长安城行车如行船,还是溯游从之道阻且长的那种。平时一个小时的路程,和同事堵了两个半小时才走完。

不过极致天气后也有意外之喜,下车后见到漫天霞与贯日虹。头脑中灵光一闪而过,对啊,算算清明已经过了快十天了,也的确是到了"虹始见"的时候。近日生活中种种绞结不安的心绪突然得到纾解,天地只剩下这霞与虹。再没别的。

想起有一年,和丈夫去青海玩,草原气候多变,前一秒还是和风细雨,下一秒便是突如其来的狂风暴雨。极致的天气酝酿出极致的美,不到一小时后,从蒙古包中钻出来的我们,就看见了草原上悬起的贯日双虹。

清明有三候——"桐始华,田鼠化为鴽,虹始见",先见白桐盛开，随后田鼠回洞，再往后过几天，雨后的天空就能见到彩虹了。

中国人从很早开始，就注意到周围环境会随着时序的演进悄悄变化。《逸周书·时训解》中准确地规定了以五日为一候，三候为一个节气，六个节气为一季，四季为一年，将一年平均分成了四季、二十四节气和七十二候，且每一候都配有一个物候现象用以对应。这些现象大多富有很强烈的浪漫色彩，花的盛开与枯萎，叶的萌生与凋零，动物的鸣叫与迁徙，风雷的解冻与发声，都循着规律明明白白。仿佛再细微的变化都能够被捕捉，当人们在连绵的清明雨后看到天空中绚烂的色彩，就敏锐地将这"云薄漏日，日穿雨影，则虹见"的奇景定为清明的第三候。

虹是一种自然景观，但"虹"字却是以一个"虫"字旁的典型字存在的。《说文解字》中记载："虹，螮蝀也，状似虫。""螮蝀"今天也指的是彩虹，但单从字形上看，它们本身应该都是用来代指昆虫的。我见过甲骨文中"虹"的字形，长条弯形，有头有尾，的确很像一条扭动的虫子。不过也有人认为古人是用"虹"字来比喻雨后出来饮水的神龙，"工"在这里既作形旁也作声旁，表示神龙体型的巨大。从很早以前起，"虹"字就只被用来形容天上的彩虹，后来因为桥的形状像虹，所以"虹"也被延伸出去指桥。就连辞书之祖《尔雅》中，"虹"字也是被归在解释天文方面词语的《释天》篇中，而不是解释昆虫的《释虫》中。《尔雅》

中还对"霓（蜺）"也做了介绍，用来和"虹"区分。"虹双出，色鲜盛者为雄，雄曰虹；暗者为雌，雌曰霓。"当今也有不少人头头是道地把彩虹中"内紫外红、颜色鲜艳"的称作"虹"或者"正虹"，然后将"内红外紫、颜色较淡"的叫"霓"或者"副虹"。听得头晕，时隔千年，今天的人们不管那么多，但凡彩虹在天上，就是好看。

清明多雨所以彩虹常见，今天早已有了更科学也更全面的解释，古人没有这样好的科学条件，却也忍不住思考这奇异的美景是怎么来的。《列子·天瑞》说："虹霓也，云雾也，风雨也，四时也，此积气之成乎天者也。"将彩虹和风云雨雾的变化一起归于天意，是有些讨巧偷懒的说法了。不过讨巧也罢，总还是有点飘飘然的仙气在里头的。而在《幼学琼林》中，讲"虹名螮蝀，乃天地之淫气"，一派学究样，就很不讨人喜欢了。除了这些解释，过去人有时也会硬把客观的自然现象拉下来，为不客观的人间种种做注解，比如《汉书·天文志》中这么写道："抱珥虹蜺（霓）……此皆阴阳之精，其本在地，而上发于天者也。政失于此，则变见于彼。"这里把虹作为一种异化的景观，用来照见统治者的得道与失道。

虹的成因在历史的演进中慢慢清晰起来。而到了北宋时，文人沈括就在《梦溪笔谈》中就引用旁人的话说："虹，日中水影也，日照雨，则有之。"已经是比较科学的说法了。《月令七十二候》

中就更明了了一些："虹，阴阳交会之气，纯阴纯阳则无。" 阳是晴，阴是雨，阴晴交汇就是雨后初晴的时节。如果能将时节拟人化，纯阳纯阴便都有些非黑即白的决绝味道，而虹，就和它所出现的阴阳交会的时节一样，有种边界不分明的美。

## 布谷，布谷

谷雨一过，属于春天的六个节气就结束了。一年就去了将近四分之一，人们倏地觉察到时间的仓促。"谷雨"据说是得名于古人"雨生百谷"的说法，这段时间的降水比清明时节要更多，是种植农作物的最佳时节。而我从小一听到"谷雨"两个字，首先想到的情景都是小巧的布谷鸟"哗啦"一下穿雨而过，扔下一连串"布谷""布谷"的声音。

春天是禽鸟的季节。"夏听蝉声，秋听虫声，冬听雪声"，而春，则是要"听鸟声"的。雨水时节"鸿雁来"，惊蛰时节"仓庚鸣"，春分之日"玄鸟至"，而到了谷雨，便轮到"鸣鸠拂其羽；戴胜降于桑"了。鸣鸠就是布谷鸟，暮春雨后春色愈加浓郁，布谷鸟受到春色的感染，开始拂翅鸣叫。而戴胜鸟也能时常在桑树枝头见到了，这是一种很漂亮的禽类，头上绚丽的羽冠，仿佛古代女子头顶装饰用的花胜。不过可惜，因为气候和自身繁殖能力的原因，千百年前到处飞着的戴胜鸟，在今天已经不太能见到了。

好在还能看到许多其他的鸟类，有时也无须刻意去看，只是忙碌时偶然抬眼的几个间隙，就会突然发现有一只或者几只迅疾的鸟掠窗而过。那一瞬间，人会情不自禁地惊喜："呀！刚刚有鸟飞过去了！"纹丝不动的窗户，一成不变的生活，都因这突发的一点点枝节而荡漾出了波纹，生发出日常轨迹之外的期待，会不时看看窗户，希望还能再见到鸟飞过。

中国人对鸟的喜爱可以上溯几千年前，还有人为它们立书作传。春秋之时的道家师旷就著有《禽经》一文，后世还有各式各样的《鸟谱》《禽卷》之类。张衡《归田赋》中有这么几句关于春鸟的描述："仲春令月，时和气清……王雎鼓翼，鸧鹒哀鸣，交颈颉颃，关关嘤嘤。于焉逍遥，聊以娱情。""娱情"，是人们将自然界中的生灵功用化了。而在禽鸟的眼中，它们又是怎么看待和它们比邻而居的人类呢？肯定难免惧怕，《好鸥鸟者》中的那些海鸥，不就是最终因为"好鸥人"动了抓它们的念头而"舞而不下"，再也不敢靠近吗？

因为有双会飞的翅膀，鸟在人类面前总是自带神秘感。古人认为天地无极，从地上走是到达不了边界的，但若能飞上天空就不一样了。人们将种种奇思妙想附着在这类生灵上，认为它们可以飞到人类触不到的地方，看到些人类不知道的事。如《惠子相梁》中的凤凰，"非梧桐不止，非练实不食，非醴泉不饮"，高洁得不染人世烟火，哪是凡夫俗子能沾染的呢？还有那"蓬山此去无多路，青鸟殷勤为探看"的"青鸟"和动辄"扶摇直上九万里"的大鹏，都注定不属于柴米油盐的人世间。

不惟这些神性，还有世态人情，中国从来不缺少各种精灵化身为人的奇异故事。《聊斋志异》里那个鹦鹉化身的阿英，正是听了主人家对儿子讲的一句"鹦鹉养大了是要给你做媳妇的啊"，便一时心动化身为美貌少女。

眼下谷雨刚过，布谷鸟就飞上枝头，带来了春天最后的活泼色彩。一年之计在于春，这个季节是需要积极的，但这积极并不能显出殷勤来，所以要有一个引子，把人们从"春眠不觉晓"中叫醒，这种时候，"处处闻啼鸟"就再合适不过了。

"不及流莺日日啼花间，能使万家春意闲。有时断续听不了，飞去花枝犹袅袅。"韦应物《听莺曲》里的这句"能使万家春意闲"，说得妙极了。人生总是匆忙的，人们总会有这样那样的事，而这一声莺啼，就能让他们"闲"下一时片刻来。这世上总不是所有东西都是经世致用的，就像嘤嘤鸟啼，说起来都是闲情闲趣，于生存发展完全没有用处，但它却总能在不经意间让你觉得，生活是这么有趣的一件事。

## 牡丹,《牡丹亭》

一千多年前的初唐,诗人卢照邻在某个元日随大流写了首述怀诗,全诗平平,但其中有一句"人歌小岁酒,花舞大唐春",极有盛唐气象。春天走在街上,不经意间望见庑殿飞檐边,繁花满树,就会想起这句诗。

不知千年前的长安城是怎样,但到如今,一春城中百花过,最能合得上诗里这花团锦簇的气象的,不得不提大雁塔的樱花。青龙寺的樱花当然更有名,只是原址已毁,重建的院子虽然也还好看,但盛名之下游人太多,总显得浓郁有余,舒展不足。

看看家近处,华胥的杏花,王莽的桃花,还有公园里点缀的海棠,都是心之所爱,好是当然好,但要么疏旷要么野逸再要么柔弱,要么关联着终南而非长安,终归不如晚樱赫赫扬扬,绚烂得结实。虽然我自己是偏爱前面的那些,但有一说一,长安城还是得配富丽的花。要说再有没有搭的，当然有，不过那就是谷雨之后兴庆宫沉香亭畔的事了。

清明后五日，田鼠化为鴽。晚樱尚未落，牡丹花候又到了。于是，带着爸妈孩子去兴庆宫沉香亭畔赏花。其实城墙东边的牡丹园有几株白牡丹的品种很好，衬着环绕一旁的老城墙和护城河，景色很可观，但若论盛名，古今皆以此处为最。但无论在哪里，牡丹从来不曾被随意漫赏，自始至终，它只悠然享受着人们精心细致的打理和专程前往的郑重。

沉香亭畔有传说。唐开元中，天下太平，牡丹始盛于长安。盛世王朝天下大治的巍巍气度，恰好与这富丽堂皇的名花相得益彰。当年的牡丹花开时，玄宗和贵妃时常来此，沉香亭北倚栏杆。名花倾国的组合，成为后世回顾那个盛世的契机。相传昔日沉香亭前有许多奇异的品种，中有一株一日忽开，一枝两头，朝则深红，午则深碧，暮则深黄，夜则粉白，昼夜之间，香艳各异。时人异之，玄宗却见怪不怪："此花木之妖，不足讶也。"反正面对牡丹这样绝丽的花，如果没有惊异之事相衬，就总叫人觉得辜负了传奇。

但在如今，它只是盛开在普通人身边的生活。其实从前一直不太喜欢牡丹，总觉得它比起那些近在眼前的花开得太华丽圆满，它更适合被画在宣纸上，绣在丝物间，雕在窗棂处，独不宜开在眼前。总之彩墨铺展，起笔只能是富艳之态，落笔便是金玉满堂。没法孤高，没法清傲，也没法恬淡。但形色好铺设，神韵却难得，牡丹主题的绘画在今天比比皆是，看在眼底觉着热闹，但过眼即忘，真正觉得精彩的却极少。

我想带着疫情里憋了一春的爸妈看看新年里新开的花。然而比起看花，爸妈显然更在意怀远，他们一路都在重复些絮语，回忆着他们上次来这里的三十年前。听到很多从来不知道的细节，其实以往没听他们说起过这些，可不知不觉间，年岁渐行渐远，花无心可以不急，但人能做到永远不忧不惧吗？哪有这回事。

牡丹花时节，该读点应景的文字。看多少遍，还是觉得《牡丹亭》里的少女心事写得最佳：

原来姹紫嫣红开遍，似这般都付与断井颓垣。良辰美景奈何天！赏心乐事谁家院！

这般花花草草由人恋，生生死死随人愿，便酸酸楚楚无人怨。

文辞美丽得一点不像在控诉。对于年少单纯的杜丽娘来说，眼前这不知何时而来何时而去的美好时光，和镜中的美貌与闺中的流年一样，都是她抓不住的。一个孩子的成长成熟，总是从她（他）意识到自己对某些事情的无能为力开始。繁华而始，落寞而终，眼前的姹紫嫣红总要付与未来的断井颓垣，

## 明·唐寅《牡丹仕女图》

"牡丹庭院又春深,一寸光阴万两金。拂曙起来人不解,只缘难放惜花心。"唐伯虎在这组《牡丹仕女图》的款识中这样写道。图中妆容精致、仪态万千的仕女,同这诗的秾艳富丽相映,是暮春时节的惊天动地。人们或许有心里更喜爱的花,但牡丹之美带来的冲击感,在没那么多绚丽色彩的时代,应该很少有人可以抗拒。

这个惯性在某些现代化还不怎么深入的地方，至今都没被打破。高度城市化的地方其实也一样，只不过已经改头换面了。

这种可以感知却无力改变的痛苦，我们这些现代成年人都无法摆脱，杜丽娘这么个古代的闺中小女孩又怎么可能逃脱？但既然是戏，自然是做戏的想怎么唱就怎么唱，汤显祖为了他"情不知所起，一往而深。生者可以死，死可以生"的决绝论调，给了她一个美梦。少男少女的初恋当然真挚，情郎看着也是无可挑剔的，然而故事到人死复生有情人终成眷属后就不讲了。大多数戏本子也都是讲到这，所以小时候读了觉得这就是结束。等到成年后明白，当年所以为的结局，其实只是刚刚开始。也许是造梦人心有慈悲，他们清楚，梦醒之后，并没有多少梦幻的空间。

甚至就连"良辰美景"这个词的源始都是这样的，人家谢灵运的原话说得再明白不过："天下良辰美景，赏心乐事，四者难并"。是难并啊，得一得不了二，十全十美更是妄谈。虽然我平日非常喜欢看似无懈可击的唯美氛围，也一直喜爱美景美境美图美文，但那是心情好的时候。心情不好的时候就是："风景有说起来极幽旷，实际却十分萧索的，比如江南烟雨；境遇有听起来跌宕非凡，实际却难堪异常的，比如贫病交加；声音也有听起来极富韵味，实际却不堪入耳的，比如卖花声。"文字和画面是世间最具迷惑性的事物，有时简直比政治和宗教更甚。这才是真相，梦里那些不是。

还有一年谷雨，爸妈突然想去洛阳看牡丹。此时牡丹的花期已过了许久，已经有些迟。但他们想去，就陪他们去。半天奔波百里，好在没有错过最后的盛放。听说这最后一批是专门从附近山上低温区移下来的，为了尚未闭幕的牡丹节，同时也成全了花圃前或延宕不去、或远道而来的这么点痴心。

洛阳地宜养花，牡丹品种也比别处都要好，竟还看到了一株难得一见绿色品种。相传古时就有种名叫"欧碧"的绿牡丹，以"花开最晚，开时浅碧，独出欧氏"而得名。不知同眼前这株是否有什么渊源。

大唐牡丹在后世名头虽响，但它真正冠绝天下，却是在唐之后的宋时。宋代洛阳人极爱牡丹，春时，洛城中男女老少皆以簪花为乐。每岁牡丹花季，倾城而动，纷纷相约往城中牡丹花好处游乐，直至花落时才止。"花开花落二十日，一城之人皆若狂。"像月陂堤、张家园、棠棣坊、长寿寺等，都是洛城当时的赏花胜地。这当然是很久以前，如今世态缭乱，洛阳人也不那么容易被惊动了。但这座城与牡丹花乃至满城春色的一期一会，却仍是别处没有的庄重，于是为它远道而来。以后还要来，下次要赶在盛花期的时候。

回来路上想起欧阳修的词："直须看尽洛城花，始共春风容易别。"不错，看完牡丹，才甘心和又一轮的春日告别。

## 春尽日

送春归,三月尽日日暮时。去年杏园花飞御沟绿,何处送春曲江曲。今年杜鹃花落子规啼,送春何处西江西。……五年炎凉凡十变,又知此身健不健。好去今年江上春,明年未死还相见。

在一千二百年前的今天,距今整整二十个甲子的时候,时年44岁的诗人白居易写下了这样一首诗。这一年是唐宪宗元和十一年(816),而这一天,是三月晦日,也就是春尽日。

晦日的说法,在古代是与朔日和望日对应的。朔日是每月初一,望日是每月十五,晦日是每月的最后一天。大月则是三十日,小月则是二十九日,其中正月晦日作为每年的"初晦",更被古人视作重要节日加以重视。尽管这个词和这一天在今天都没什么特别的了,昨天公历上就赫赫然地"立夏"了,但这样糊里糊涂地送走一年之计的"春",也实在太过匆忙。张潮说春天是"天之本怀",是造化自然本来的样子,都该像春天这样。从早春隐然的、几乎要憋不住的生机,到仲春新芽初发,百花乍现的惊艳,再到暮春时节百花开到荼蘼的零落。因为一直在变化着,而且这变化还那样明显,所以人只觉得它的短促,仿佛只是寒与暑之间的一个过渡,让人不得不珍惜,然后庄重告别。

只是这告别注定不能像它到来时那样快乐,"帝城送春犹快快,天涯送春能不加惆怅。"白居易《送春归》里的惆怅,从皇庭帝阙一直延伸到天涯海角。上学时曾听一位老师讲:"春不仅是新的开始,也是美好事物新一轮流逝的开始。中国古人普遍觉得,人在时间上占的位置,远比在空间上更为沉重。说是'永垂不朽',但实际上,中国古人时刻都将自己放在赴死的洪流中。"所以,《送春归》中的感伤,并不单是因为美好春天的流逝,而是他们在这一年年的流逝中清晰地意识到,时间一去不复返,它和生命一样具有一度性,朝着一个方向走,再也不会回来。

这种认知无疑会让人们惶惑,而且这种惶惑在每一轮春夏秋冬的循环中被一次次加深。在与春许下"明年未死还相见"之约的 24 年后的开成五年(840)三月晦日,年近七旬的白居易在参加完一场热闹的宴会后,在这一天又写了诗。这首《春尽日宴罢,感事独吟》这样写道:

五年三月今朝尽，客散筵空独掩扉。病共乐天相伴住，春随樊子一时归。闲听莺语移时立，思逐杨花触处飞。金带缞腰衫委地，年年衰瘦不胜衣。

此时的白居易已至暮年。他无力再猜测来年此身健不健了，年过半百后，他"随年减欢笑，逐日添衰疾"（《三月三十日作》），身体状况是明显的不好，加之故人又一一去世，愁病孤单已和他形影不离。悲伤怀旧也是人之常情，可巧合的是，仿佛愁苦却偏偏在这一日汇聚。在白居易《三月三十日题慈恩寺》《酬元员外三月三十日慈恩寺相忆见寄》《三月三十日别微之于沣上》《和微之诗三月三十日四十韵》《三月晦日日晚闻鸟声》《春尽日天津桥醉吟偶呈李尹侍郎》中，随处可见像"惆怅春归留不得""尽在愁人鬓发间""醉悲洒泪春杯里""最恨七年春"这样消极的句子。年少时没有感觉，近年来才觉得，这消极或许源于坦诚。

而在一天之隔的立夏日（古时立夏是在春尽日后），白居易在《和微之四月一日作》中，就又扭头写出了另一番截然不同的气象："四月一日天，花稀叶阴薄。泥新燕影忙，蜜熟蜂声乐。"仿佛一日之隔，他就已经从春尽日的消极中转出来，转而奔向了"春华信为美，夏景亦未恶"的乐观，呈现出一派"静拂琴床席，香开酒库门""慵闲无一事，时弄小娇孙"的安闲景象了。

这么短的时间里完成这样大的情绪变化，并不是因为诗人情绪敏感变化多端，而是当一个个体的情感被裹挟在漫长又坚硬的传统中的时候，势必要接受它的塑造与成全。在中国关于"岁时"的作品中，变化明显的春秋占据了非常大的比重。夏冬则相对较少，只除过一些重要节日风物，情感上也显得不那么分明。但并不是所有国家的作品都是这样。日本平安时代作家清少纳言就曾在文中写道："四季的时节里，有什么有情味的，和有意思的事，听了记住在心里。无论是草木虫鸟，也觉得一点都不能看轻的。"尽管只一海之隔，但日本的"季语"文学传统中，对四季从来都是一视同仁的。这和"春女思，秋士悲"的中国文学传统，是很不一样的。

伤春之情，我想古今该是一样的。所幸"一岁唯残一日春"，请大家将所有的愁思都留在这一天里吧。而明天，朱明盛长万物繁茂的夏天，就真正来了。

朱夏

帘
画屏
芒种
木槿
艾草
席
蓝谷
乡夏
荷花
扇
小满
棋
流萤
林泉

## 故乡夏日

我陪我妈回乡去取她的泡菜坛子。

爸妈最近在我所在的城安了新家。陌生的环境,照理说总该有点畏生吧,才不,老两口兴头大极了。毕竟是再建立一个家呀!琐事当然多,一桌一椅一瓢一饮的都要一点点用心收拾,爸妈爱干净,两个人又一个赛一个的倔强,我便早早有自知之明地避开,把空间让给他们尽情施展。谁料最终还是逃不过被抓壮丁的命运,他们舍不得故乡的旧物,比如泡菜坛子。

驱车二百公里,穿过秦岭就是故乡。盛夏日里,道旁草木茂盛,桥下河流蜿蜒。两个小时的路途,足够将沿途山水看个够,便到了我曾生活过十几年的家。许久不见,故乡风光依旧,心怡亲切之余,忽然想起,这原是我的故乡,却不是爸妈的。

爸妈有自己的故乡。他们当年顺应国家支援三线的时代潮流,各自背井离乡来到这座山水小城,当时都以为只是一个停顿,谁料一停就是大半生。同为异乡人的父母在此相遇,成家,生子,扎下新的根系。日久年深,人事更迭,和故乡的牵连也慢慢变得稀薄。

如今他们退休了,又当了新一代的姥姥姥爷,小城再不留他们工作,故乡又无多余牵绊,他们索性便收拾行囊,来到独生女儿的身边。可毕竟是生活了一辈子的地方,我还是没有按捺下好奇,父亲嘴上说着"后路都断了,还有啥舍得舍不得",脸上却是复杂不舍的神色——但没有过大城市生活经历的父亲,还是很满意他如今即将到来的生活的。而母亲却远没这么潇洒,小城二十几个春夏秋冬,生活的种种琐细都是她在操持,有太多的东西舍不下了,比如家里窗台下的泡菜坛子。

我理解父母那一代割舍不下的故物情节。人活到一定岁数,还有故物可眷爱,是难能可贵的好事。小时候读汉代的《古诗十九首》,有一句很难忘——"所遇无故物,焉得不速老",若眼前的一切都是崭新陌生的,人怎么能不迅速老去呢?那么反过来,是不是只要眼前有故物的存在,主人就会有一种错觉,可以以之为媒,穿越回人生的任何一个阶段。父母亲如今都六十多岁了,可我总记得小时候他们在我眼里的样子。如今他们老了,小城却仍如往昔,环绕的群山未变,穿城的汉水未变,城中的四时,都还是过去的样子。

近来连日有雨，家门外的小院里，爸妈早先种的蔬菜被雨水泡得东倒西歪。小院是他们三十多年生活的主战场，春日里的豆瓣酱、夏天的泡菜、秋天里的桂花酒，和冬季年关前的熏肉腊肠，都是家中的大事。由得他们去折腾，我独自则躺回小卧室的床上，听夏夜故乡里许久未闻的落雨声，滴滴答答，嘈嘈切切。这声音一下子把我拖回好久以前——小时候的我最爱静静地躺在床上听雨。如今居住在高层上，有雨落也是从钢化玻璃外白白穿过，再难听见这样的声音。

因为阴雨，久不住人的一楼房间散发出微潮的霉味。掺杂着从厨房渐渐漫过来的泡菜浓香，称不上好闻，却中和出一种难言的亲切感来。不知是哪里来的光射进来，落在天花板上的石膏花雕和下面裂开的缝隙上。我在这个天花板下失过无数次眠，姥姥去世后的很长一段时间，小小的女孩子，多少大人眼中微不足道的心事，都只能躲在这样的黑夜，说给自己听。还有挂在墙上的那幅写满名字的喜上眉梢图，浅浅画在木柜纹路里的铅笔线，姥姥病重后睡着的那张一窗之隔的小床，隔壁老太太家从来打理得精心的花圃，对面楼那个丧偶男人夜半打骂儿子时令人心惊的声响，小区一头斥了巨资修建的后来充作公园的机关花园，当年用修正液画在亭子柱子上的小鸭笨笨像，高坡下从小吃到大的那家小店的川菜……

记忆里关于故乡的种种细节，自十四岁离家起便被强行中断。

即便如今还能似是而非地出现在眼前,也已泛出老照片的旧色。我对这一切的感情实在复杂,小时候向往外面的世界,用尽了所有力气想要离开,可如今真的连父母都要搬走,和故乡最深切的关联也要终结,又觉得万般不舍。尤其是知道我们家所在的地区这两年就要拆迁重建了。恐怕要不了多久,当年的痕迹通通都会被抹去,连同许多人过往的生活。我有多不舍,爸妈的不舍肯定更甚于我,不然他们也不会舍不得家里一个陈年的泡菜坛子。

爸妈爱干净,家中从来没有多余的东西,一天时间,就能将他们几十年的生活痕迹收拾干净。因为再回来不知到什么时候,也就不着急回程,而是陪父母在附近走走逛逛。小城虽不是什么经济重镇,但这里的风景真的没话说。因地处群山之中,城中没有太大片的平地,满城的高低建筑便随着山势起伏而错落。我找了片视野开阔的草地,俯瞰之处,有妈妈当年上班时要经过的那片长满了玉米的草甸,当年声动远近的龙舟赛不知近两年还办不办了,汉水两岸摆渡的小船如今也不见了踪迹。还有上河街城墙下的老房子,黑夜中零星的灯火,中渡村售卖蔬果鲜花的摊贩……

一衣带水,四面环山,这座小城和它所哺育的生活一样,有种从来如此的沉静感。城中一代的人们,沿白河岸边建立家园,生育子女,经营柴米油盐,经历喜怒哀乐,纷争和更迭都顾及不到这里,每个人的眼前心中,仿佛都只有代表过去的山川河流,代表此时的年月朝夕，和代表未来与远方的孩子。几十上百年间，城中的人复制着婚丧嫁娶、生息繁衍的日子，没有那么斑斓和丰饶，却也在日复一日中，实现着自己沉默的轮回。

　　我十四岁起便离家求学，然后辗转南北，对归乡与否原本也并无执念，南方城市的清润烟雨、柔美风物和百态民俗也曾让我迷恋。当年若有合适机会，我也并非绝对不会在他乡重新扎根。但命运却有它的安排，我在他乡遇见了同省的爱人，毕业后一起回到家乡的省会，而后在此工作，定居，成家，生育，到如今接走父母，一切水到渠成。

　　说是还在同一个省中，但越过一道长长的山脉，两城的风貌气质截然不同。如今安家在西安，它历史上的名字叫"长安"，有"长长久久"的美好寓意，是来自历史深处的期盼。因为是省会，过去也曾随着父母来过许多次。虽然它比起小城自然是喧嚣热闹得多了，也有许多属于现代都市的新奇和绚丽。但它最具特色的，还是你穿行于城中时，无意间邂逅的古老意蕴。这些年市里对古城的风貌做了用心的整治和营建，连草木都被精细安排。春时有绯桃碧桃海棠樱花，夏时有合欢石榴栀子凌霄，秋有南天竹银杏和秋菊，冬有红梅蜡梅映衬白雪。古城独一无二的明清城墙和其下环绕的护城河，也为城池添了不少幽静水润的意味。和故乡的山水一样，长安的古意也是从很久之前走来，所以天然就带着某种恒久不变的气质，这在当下瞬息万变的时代中给人无形的安全感,让你相信世间还是有一些不属于朝朝暮暮的事。于是便甘愿放下心里的那点属于少年的不甘。它们都是心中的挚爱。

我和爸妈都把家安在城南,两个住所都是我自己挑选了许久的。爸妈家的大落地窗是我最得意的收获。窗户自是寻常,但窗外的景致却可遇不可求。天气好的时候站在窗前,能远远望见城外连绵的终南。还有清早的旭日,傍晚的星月,深夜的万家灯火,以及楼下街道的川流,与遗址公园建筑的轮廓。而其中最重要的,是连两岁的女儿都能指清楚的我家的方向。不像小城的亲故遍地,他们在这个城市没有太多亲友,和女儿离得近,让他们觉得安全。这不是我和爸妈的故乡,却将是女儿的。又一段异乡人哺育故乡人的记忆,则从此展开。

## 夏下帘来

立夏那天，把柜子里的风帘取出来，收拾平展后挂在了玄关。这是那年从云南带回来的，扎染后的玄青色色泽清凉，很适合夏天的感觉。这种仪式感来自童年，小时候每到立夏这一天，母亲都会将去年秋老虎后洗净收展的布帘子们取出来挂在门上，然后一直到中秋，都任房门敞着风。夏至之前，一天中最热的时候也称不上酷热，电扇什么的派不上用场，打开门通通风就舒爽了。那时候邻居们都熟悉亲近，各家整日门开不闭也是寻常事。但居家生活总不宜完全敞开，于是人们便放下帘来，在这若隐若现之间，继续着平凡琐细的日子。

记忆里的夏天总是特别漫长，长得够去做许许多多的傻事。那时常和小姐妹们一起穿梭在道道布帘下，像是穿越在电视剧里帘幕深深的宫廷。偶尔一整个下午倒在帘后的藤床上，盯着帘子上的花纹被清风吹拢复舒开，心里好奇远处另一道门帘后的邻家姐姐正在做什么。偶尔透过它被风撩起的间隙瞥见外头母亲不在，便赶紧光脚下床偷吃一根冰激凌……这都是儿时无声的趣事，成年后，身边的居住环境与习惯都发生巨变，不见人终日开门，这种习惯渐渐消失，如今在家中，再怎么也不敢敞门不关，于是，也就不再有下帘的必要了。

但中国人一直都是惯用帘子的。微风帘幕，花落春残，深秋帘幕，千家细雨，都是古人生活中被成全于帘下的绵软风致。而在寒冬酷暑，帘子更是少不得的物件。过去人们改变周围环境的能力有限，所有的生活物件都得遵循着自然规律来使用。夏天用轻巧的纱帘、竹帘还有珠帘，冬天则选取厚实的棉帘、皮帘。冬天用大厚帘子虽然挡风遮寒，但既不通风又不透光，一旦挂上，顷刻间满室昏暗，憋闷压抑。但在保暖条件不佳的古时候，似乎也没有更好的方法来抵御严寒。这种厚布帘曾经其实也很常见，如今在某些正开着空调或供着暖气的商场门口，都是用这样一道相似的棉帘，来隔绝里外一冷一热的两个世界。

帘在古籍中常被写作"户蔽"，专门被用来隔绝隐私。"昔岁幽院中，深堂下帘幕"，严丝合缝地遮蔽住人们不愿展示于外的种种私密日常。且它还是摇曳的，某些说不清道不明的风致，便隐在这一重又一重的帘幕中了。犹记《红楼梦》中，大观园里的院子和院子之间，垂花门和月亮门之间，甚至一间屋子里的内室和外室之间,都隔着各式各样数不清的帘子——珠帘、竹帘、草帘、湘帘,还有软纱帘、猩红毡帘,等等。平时生活里的走动,主子们来了,丫头们要打起帘子,主子们去了,丫头们又放下帘子。丫头们又被称作"卷帘人",李清照的词,"试问卷帘人,却道海棠依旧"。而主子们这一去一来,卷帘人这一打一放,说不尽的意头就尽在里面了。丫头们在帘下,居家人则在帘后,人们与这花落花开、云卷云舒、月缺月满、燕去燕归、雨丝风散之间,尽在这一帘之隔了。

但大观园中,最精致的帘后人当属黛玉。有一个情节印象很深,有回她临出门前,专门交代紫鹃说:"把屋子收拾了,撂下一扇纱屉,看那大燕子回来,把帘子放下来,拿狮子倚住,烧了香就把炉罩上。"只是一句闲话,可这个女孩子对待生活的认真与风雅便都在其中了。还有众人咏白海棠的那一次,宝钗是"珍重芳姿昼掩门",谁都窥探不到任何细节。而到了黛玉这,就成了"半卷湘帘半掩门",成就一段天然的风姿。湘帘是湘妃竹做的帘子,在中国有相当古老的历史。湘妃竹表面有褐色的斑点,人们传说这是舜帝二妃娥皇女英的眼泪化成的。这种听起来就觉得浪漫的帘子,在大观园中只有黛玉的潇湘馆里有挂。多少次"湘帘垂地,悄无人声",多少次"半卷湘帘,待那人来"。曹公一点细节都没落下,就连一道薄软的帘子,都暗合着"还泪"的主题。还有黛玉的那首《桃花行》里唱的:"桃花帘外东风

宋·佚名《槐荫消夏图》

长夏漫漫,隐士于斋中沉睡,头枕于臂,衣衫轻解,坦胸赤足,有诸葛亮「大梦谁先觉,平生我自知」的自如潇洒。一旁的香炉、烛台、书卷、竹榻和屏风等,呈现出他平日里打发时间的方式,也颇有王维「所居人不见,枕席生云烟」的诗意。槐树是如今城市道路两旁常见的景观树木,也多见于乡村的庭院中。槐荫之下乘凉聊天的记忆,存在于大多数人的童年。

软,桃花帘内晨妆懒。帘外桃花帘内人,人与桃花隔不远。东风有意揭帘栊,花欲窥人帘不卷。桃花帘外开仍旧,帘中人比桃花瘦。花解怜人花也愁,隔帘消息风吹透。"一道帘子,朦朦胧胧地隔出了青春正好与桃花灼灼,如果没有那道帘子,也就没有了古人诗中那"人面桃花相映红"的浪漫了。

其实也只不过是一方帘子,但生活却因这一点点变化有了不同。从风水上说,玄关处多了些遮挡,不是一眼到头的直来直去,也为家里更多地积出些气运。从视觉上,也不再那么一目了然,家居也多留了些氤氲的余地。几次,丈夫晚归回来,一进门就迎上了从帘子透过去的微光,心里瞬间说不上的温暖熨帖。而我有时坐在房中,看着帘子微动,不用走到窗前,便知道又有风吹进来了……

立夏时节,拂过暮春萦绕不去的伤感,天地之间开始热闹起来。每日从外面的缭乱中归来,就只想"帘儿底下,听人笑语"。眼前这简简单单的一方帘子,从古至今,不知旁观过多少平凡的居家生活。比起那些大起大落、常为人津津乐道的大事件,眼前这闲闲的帘下生活,始终带着温和、亲切而活生生的烟火气息。

## 蓝田谷

长安附近有蓝田。"蓝田日暖玉生烟"的蓝田。

蓝田有华胥谷,有白鹿原,有汤峪,有王维的辋川故地。这里的山水是邻家少年式的,好看不惹眼,平凡自来熟。淡是淡了些,但若要想找个什么崇山峻岭茂林修竹,清流激湍映带左右的,倒也不缺。是平时最喜欢的去处,每年都得去几次。

丈夫不读王维的诗,好吧,事实上他不读任何诗。但是我读的时候他会听着,我说想去一个能让我静下来的地方,他也能理解,然后驱车两个小时陪我来飞云山下的辋川河岸。这让我觉得幸福。

一直觉得辋川有一种奇异的魅力,尽管一千三百余年过去了,当年王维用心营建的鹿砦、竹里馆、辛夷坞等去处都不在了,据说可行船十几里的辋河也只剩下了干枯的河道和一点细流,但依然觉得这地方无可名状地吸引人。"晚年唯好静,万事不关心",

"君言不得意，归卧南山陲"，都是因为这里的存在吧。不过如今辋川着实没有什么景点，本来可以开发的辋川别业、鹿苑寺、王维墓等遗址都没怎么开发，唯一可以算得上遗迹的只有一株相传是王维手植的银杏，也孤零零地立在山里一座废弃的工厂中。

《蓝田县志》中有这样一段资料："王维墓位于陕西省蓝田县辋川乡白家坪村东60米处，墓地前临飞云山下的辋川河岸，原墓地约13.3亩。现被压在向阳公司14号厂房下。《唐右丞王公维墓》碑石被向阳公司14号按石料使用，压在水洞里。墓前遗物有清乾隆四十一年（1776年），督邮程兆声和陕西巡抚毕沅竖立的碑石两座，'文革'中被毁。王维的母亲也葬在此地。交通部六处修辋川公路时将王维母坟塔平毁。当年建设中的短视行为给蓝田的文物旅游资源造成了难以弥补的缺憾。"还有王维种的那棵树，也因为修路被削去了一大条旁枝，成了一棵残疾的树，沧海桑田，可惜得很。

我爱去的这个山谷，这些年每次来都鲜少碰上其他游人。整个山里空空荡荡，是一个可供恣意游玩之地。春天看了"雨中草色绿堪染，水上桃花红欲燃"，夏天再来，就是"漠漠水田飞白鹭，阴阴夏木啭黄鹂"了。再然后是"空山新雨后，天气晚来秋"，最终是"隔牖风惊竹，开门雪满山"的万籁俱寂。

18年我因为怀孕生女，有大约一年多再没来过山谷。等久别重逢，便是辋川最繁盛的盛夏时节。我们一家三口——我和丈夫，抱着新生的女儿，从白家坪上去，穿过几个隧道，车一直开到那株王维手植的银杏树下。盛夏山间刚下过雨，任情生长的草木织在一起，层层叠叠，绿得有层次却不分明。我坐在树下石凳上翻了会儿《辋川集》，跟丈夫说，一千多年前的这会儿，王维估计正从鹿苑寺走出来，穿过我们现在在的地方，然后走去那株银杏树跟前给它浇水。丈夫听得汗毛倒竖，紧紧抱着女儿，说你别是见了鬼。

回来路上丈夫问："我最近好像见你在读苏东坡，着迷样子，他俩谁更好？""不好比较，硬要比，可能苏轼更受大多数人的喜欢。"但我们并不会只因为最好而爱上一个人、一首诗、一个地方。王维于我一直特别。世上活得成功精彩的人或许很多，他们得到了权力或财富的成全。可权力独断，财富善变，依附于权力和财富的认可也都是脆弱的。古往今来活明白了的人其实并不多，我觉得王维算一个，他身上始终存在的那种与世相违的距离感让我着迷了许多年。当年，王维后期半隐于这片山水间，完成了生命之美的圆融。他整个人、他的生活，本身就是一种艺术成就。"我心素已闲，清川澹如此"，也不是一种推崇，而是友，是天地之间，此人此诗此境与此时之我"调和"。肯定有能胜他的，不唯情和烟火气力。但有关心处，又有同游止，他独一。就像此时此刻，这松林青草的辋川山水就在眼前。这几年，我隔段时间就带着疲倦来此，然后再带着一身轻松回去。是关心之人之事之处，看了许多年，是看他也不是看他。

但这山谷还是太空寂了，如果没有丈夫在身边，我应该会觉得十分寂寞。

蓝田山中还很有几个幽静的深山古寺。王维手植银杏旁的鹿苑寺已不存，不然肯定是最爱的。但附近的悟真寺也喜欢。也是从六朝算起的渊源，唐时盛极，曾和今天的水陆殿等一起，在王顺山下繁衍出好大一片香火。

到如今当然也都是沉寂。因为不是热门景点，又离城市太远，平时就门可罗雀，最近又赶上疫情，更是空荡成山间一座寂寥庭院。

也未见僧人，不知道是没出来还是赶尽了。不然能亲眼看见有人在这蓝田山水间修行，也能叫红尘中的来客带回几缕世外气息。

"清晨入古寺，初日照高林。曲径通幽处，禅房花木深"，山里就是这个样，一千年前的人看到的，和今天并没有什么不同。母亲很喜欢院中的老树，觉得丰茂有灵气。而父亲则更喜欢殿中百年前的雕塑。那是寺中唯一有点声名的建筑。有说法是唐代传下的，不现实，就连隐于晋中不知名深山的佛光寺都只残存些木构，更何况终南里这些招眼的祖庭。看着感觉像是明代的，也确实没在别处看到过这样阵容完备、神形立体的神佛组合。我喜欢看建筑，但既有"小敦煌"的名声，完成这些雕塑的工匠手艺确实是很好的。

还是想起鹿苑寺。其实距离差不了多远，那里曾是王维的家。

不知这里当年又是谁的家？很多有能力的文客都做过这样的事，先是在深山远水中营建别业为宅，而后舍宅为寺，供僧侣修行，以赎尘业。赎尽了吗？应是没有，鹿苑寺仍旧片瓦不存了——那座废弃的厂房，至今还压在当年的辋川别业故地上。不然，它到如今，应就是眼前这悟真水陆的样子吧。

## 大满与小满

　　这日小满。《月令集》中说："四月中，小满者，物至于此小得盈满。"这里的物指的是麦子之类夏熟农作物开始渐渐饱满，不过此时只是"小得盈满"，因为这些作物却并没有成熟，算不得大满全满。而二十四节气中也并没有像大满这种标志着全盛时期的节气，似乎人们对完满并不全心期待，反倒是面对小满这样将盛未盛的节候时，心中喜悦。

　　物候有大满，但人却不爱提及大满，这并不是没有由来的。汉代《周易》中就记录了"日中则昃，月盈则食"的规律，太阳自东方升起，一到正午就要偏西；月亮一点点盈满，及至满月时就会亏缺，这是很正常的自然规律，却被中国的文人很敏感地捕捉到，然后套上世态人情。

　　就像《红楼梦》开篇不久，秦可卿就对王熙凤说了一句，"月满则亏，水满则溢"。原本那时是贾府最炙手可热的时候，但里面的人却已经从安乐中生出忧患来，觉得"登高必跌重"，这个叱咤百年的家族，"一日倘或乐极悲生"。听得泼狠如凤姐都心生敬畏，惶恐地问怎么才能永保荣华富贵。只听秦可卿冷冷嗤笑回去："否极泰来，荣辱自古周而复始，岂人力能可保常的。"她说得笃定，认为人世盛极而衰就是必然的规律，绝对不是人可以影响的。人能做的最多就是居安思危，于荣时筹划下将来衰时的世业，就算是"常保永全"了。

在文人心目中，"物极则亏，祸盈而覆"的观念可以说是根深蒂固，历史的许多事实也无意间对这种念头做了巩固和成全。于是，和全盛"大满"时期随时都要担心倾覆的惶恐相比起来，"小得盈满"看起来安全得多。况且"小得盈满"也不是不盈满，而是欣欣向荣，扎实地在朝人们所期待的方向走，是人们心中一个既安全又符合期待的地带。

但即使再惶恐，事物也不可能永远停留在这将盛未盛的阶段，更何况这个在文人眼中乐观的时节，对于真正的农人而言，却不是那样好过的。小满有三候："一候苦菜秀，二候靡草死，三候麦秋至。"苦菜是指野菜，品种虽然多样，但因为共同的特点——味苦而得名。小满的第一候，麦子将要成熟，却仍处在一个青黄不接芜芜杂杂的阶段。常听老家的老人跟我们感叹："你们这个年代出生的小孩子多好啊！有吃有喝。"小时候无知又无情，也嫌长辈们勒令我们吃的主食难吃。心道有吃有喝算得什么呢？好吃好喝才算好。这里的好吃好喝，指的是各式各样的零食小吃和花花绿绿的饮料。然而在以前，小满时节的农人往往没有多余的东西可吃，只能用野菜来充饥。

靡草是一种枝叶很细很柔的草，喜阴，在朱明盛长的夏日很难存活。小满节后，真正的夏天扑面而来，这种柔弱的草难以抵挡这霸道的阳气，纷纷死去。而在这"靡草死"的第二候过去之后，农人的好日子才算来了。小满的第三候"麦秋至"，乍看像一个秋天的节日，这个节候最早叫"小暑至"，在元代才被改成现在的名字。虽然是在夏日，但对于麦子和植麦农人而言，却已经是成熟的秋天，所以叫"麦秋至"。农人才管不得什么"水满则溢，月满则亏"，这对他们来说太虚无了，而谷子充盈饱满的颗粒才是他们所期许的，才是属于他们的"大满"时节。对于文人来说心有戚戚的意味，农人们恐怕不能完全理解。因为他们的"满"并不是随时要衰败倾覆的预兆，而是意味着他们再也不必忍饥挨饿地吃苦菜了。这样植根于土壤和衣食的悲欢，比起文人墨客的伤春悲秋，更具切实的力量。

## 扇底风凉

小满后,气温一天比一天高下去,但又拿捏着分寸,不急着奔赴夏至的酷烈。于是,空调电扇这些功能霸道的电器一时还不必出场,只需从抽屉或者柜子里取出三两把扇子分给家人,就足够摇动这初夏与仲夏的交界处了。扇子是夏天里少不得的东西,纸张裁出的折扇、竹木编织的草扇、羽毛粘制的羽扇,甚至还有逛街时商家发的印着广告的塑料扇……不管是哪种形态,反正总是要有的,才好叫人们用它来过渡眼下这样的时节。

扇子在中国出现的时期很早,《说文》中说:"扇也,门两旁如羽翼也,故从户从羽。"本意是指门边的羽翼,可见扇子最初却并不是用来扇凉的。先人们用野鸡等禽类的尾羽制成长扇,也叫"障扇",用作帝王及贵族出行时蔽日遮尘的仪仗。这种用途当然不适合普及和推广,好在后来扇子的形制越来越小,也越来越便携，于是到西汉后，人们就开始用扇子扇风取凉了。关于扇子用途的渐变，有个标志性的人物值得一提，这便是三国时的名将周瑜，苏轼词里描绘过他的经典形象——"羽扇纶巾，谈笑间，樯橹灰飞烟灭。"大敌当前，还能气定神闲地拿着把羽扇淡然谈笑，的确是名将之风。而他拿的那种羽扇，相当于缩小版的"障扇"了。而到了东汉，人们又将扇子的材质从羽毛拓展到绫罗一类的丝织品，一来更加轻便小巧，一来也方便在上面点缀绣画。其中，圆月形的扇子被称为"纨扇"或"团扇"，也叫"合欢扇"，白色圆状绢面上的刺绣图案精美绝伦，有时还有正反双面绣的，每面上绣着的图样各不一样，却都栩栩如生。圆绢下配上竹木、兽骨甚至玉石等做成的手柄，还有坠子流苏之类的装饰，精致小巧。

有的时候，人们的某种心情，的确可以通过器物来表达。若想要展现过去女子闺阁生活的悠闲、寂寞与苦闷，恐怕再没有比这一柄团扇更恰如其分之物了。这种"团扇""纨扇"最早是宫廷贵族的用物，后来才渐渐普及到女孩子们的日常生活中，成为一个经典的闺阁意象。"七宝画团扇，灿烂明月光。饷郎却暄暑，相忆莫相忘。"浪漫而有风致。汉代班婕妤写过一首著名的闺怨诗《怨歌行》，当中就以团扇自喻："新裂齐纨素，皎洁如霜雪。裁为合欢扇，团团似明月。"诗中用种种绵密富丽的意象，来反衬宫妃失宠后的凄清孤独。后来唐人用诗写她的境况，也不忘提到团扇——"奉帚平明金殿开，且将团扇共徘徊"，当善变的君王再不在她处停留，她唯一能拥有的，就只剩这一方清冷的院落和这一柄象征着"合欢"的团扇了。

大概团扇真的很符合人们心目中对于深宫生活印象吧。影视里常见这样的场景——宫妃百无聊赖地斜倚在榻上，脸上是属于青春的精致妆容，神情却带着衰败与寂灭。扇子常常出现在这样强烈的冲撞中，或是由一旁的宫女缓缓打着，或是搓磨于主人公自己的指掌间，手腕一摇手指一捻，扇子就动上一动，屏幕外的我们自是感受不到扇子动摇出的微风，但这漫长到需要刻意打发的宫廷时光，却在这动静生逝间重叠到一起。还有唐代名画《簪花仕女图》，花和美人旁的显眼处也有一把团扇，一个身着宽袍、脸上带笑的仕女手上擎着它，团扇的白底上，牡丹花正开得热烈。还有唐代杜牧，也曾在诗作《秋夕》中将类似的画面写得很足："银烛秋光冷画屏，轻罗小扇扑流萤。天阶夜色凉如水，卧看牵牛织女星。"这场景当中，恒久的寂寞伴随着恒久的美，而那把轻罗小扇，则是这寂寞与美之中的点睛之物。

为了追求更精巧的形式美，后代的人们又将自己无穷无尽的想象力，施展在这小小的一方素罗中。除了满月形的团扇，还有各种叶形、各种花形及各样的多边多角形的扇子。扇面上的颜色花样也都各异，以绒线绣上人物、花果和草木等各种精细图案，甚至还有人用重金聘请刺绣名手来绣，使两面绣纹如一。顺便一提，我还喜欢一种叫碧纱扇的纨扇。这种扇子是用碧纱为面，绿竹作柄，

## 唐·孙位《高逸图》

图卷描绘的是竹林七贤悠游林下的场景，如今存世的是残卷，七贤仅存其四，但依然能看出超逸的魏晋风度。出仕和隐逸是中古士大夫的两种选择，兼济天下，独善其身，只关乎个人的性情、志趣，并无优劣、高下之别。魏晋社会动荡，却是一个高度尚美的时代，名士注重仪容风神，立志『不事王侯，高尚其事』，追求精神的出世与自由。图画中的其他景物，如芭蕉、高树、山石等，以及一旁的仆童等，都是为渲染名士们的林下风致而作的。

听起来就是一把很适合夏天的扇子呀!

团扇是独属于女孩子的精致。即便是儒雅风流的周瑜,拿着把"团团似明月"的纨扇,恐怕也颇觉违和。不过除了羽扇,自然也有适合男人们把玩的扇子,这就是直到今天依然广受欢迎的折扇。最晚在晋代时,折扇就已经成为贵族腰间必备的时尚品了。晋代的《子夜四时歌·其五》中:"叠扇放床上,企想远风来。"这里的叠扇就是折扇。因为多是纸做的便于书写,所以文人们经常会在上面作些书画,很多书法家都有信笔题扇的爱好。如今浙江绍兴还有座题扇桥,据说就是当年书圣王羲之为卖扇老妪题扇时的故地。

时值小满,扇底风凉。小扇摇出的惬意与安宁,除了眼下的小满时节,其实也没有太多机会再去体验了。小时候长在外婆身边,夏日傍晚太阳落下去后,她就会抱着我坐在老树下,手上拿着把这样那样的扇子慢慢地摇。不知怎么就趴在她膝上睡着了,梦中带着夏夜的风,那时总觉得,长大和分别还很遥远,有她陪伴的日子总会像这扇底的微风一样悠长。

## 芒种，麦陇黄

春天里时间划得快，从雨水到惊蛰，时光简直像飞一般，可是转眼入夏过了小满，时间仿佛就慢下来了。后天就是芒种了，分明也是两周的功夫，却让人觉得好像已经隔了很久了。小满第三候"麦秋至"过后，麦子成熟的季节真正到来。麦子成熟期短，且这时节夏雨也频繁，收麦子的好时机稍纵即逝，割麦的农人免不了一场"忙乱"的硬仗。而在这之后，农人也要作起新打算来。《月令七十二候集解》中说："芒种，五月节，谓有芒之种谷可稼种也。"

芒种的"芒"字，本义是指麦子等作物种子壳上的小刺，"种"，则是作物播种的信号。我国南北差异大，芒种时节的北方，成熟的麦子该要收割了。而在南方，则是播种水稻等作物的时节。不管怎么说，这都注定是一个农忙的时节。又因为"芒种"二字又和"忙种"谐音,所以预示着又一轮农忙时节就要到来, 农人们都要"忙种"起来了。

因为关乎百姓生计,所以芒种在古代一直备受重视。《宋史》中记载,南宋时淮河流域曾有动乱,战事稍平后宋理宗的一句话。他这么问臣下:"贾似道已有淮甸肃清之报,不知田畴尚可及耕种否?"显然,对于此时这个沉湎酒色不能自拔的帝王而言,和赋税直接挂钩的田畴收成当然比百姓的死活更让他感兴趣。而这时的南宋朝廷,皇帝昏聩,宦官专权,已经显露出亡国的征兆来。

这话一问,当时著名的贤相谢方叔回答:"兵退在芒种前,犹可及事。"谢方叔是我们历史上唯一的羌族宰相,眼看南宋大厦将倾,他曾强烈渴望有所作为,力挽狂澜于既倒。他早年曾上书宋理宗,希望他能居安思危,"秉刚德以回上帝之心,奋威断以回天下之势"。谢方叔非常关注百姓的生活,有一次,南宋境内连日阴雨。宋理宗问他和一个叫郑清之的臣子:"积雨于二麦无害否?"郑清之回答道:"目前虽不为过,然得晴则佳。"说了等于没说,可是谢方叔则回答:"麦子似无害,可是蚕事畏寒,恐少减分数。"不仅说出了其然,而且还细致到了其所以然。这样的一个人,能够在春夏这么多时节中一下子挑出"芒种"来,就不奇怪了。可惜的是,谢方叔后来在和宦官的斗争中落败罢相,而在他去世三年后,蒙古人攻占了临安。

关于芒种，还能引出一个颇有口碑的官员，年代比谢方叔还要早。他叫阮长之，是南北朝时期的南陈人，在当时是出了名的孝子。阮长之为人清正，正到什么程度呢？那时州郡县的官员政绩考核，都以田租收入挂钩，而且是以芒种节气作为期限的。如果哪个官员在芒种节前辞去官职，那么一年的俸禄就都归继任者所有。如果在此后辞去官职，那么一年的俸禄就归前任者所有。这种算法其实不算公道，但却恰恰说明了这个节气的重要，足以决定一年的年成。有一回，阮长之因故离职武昌郡，接替他的人没到，他就在芒种的前一天辞去了官职。阮长之曾对人说，他"一生不侮暗室"，就是即便是在无人可见的暗室中，他也不会做亏心的事。言出则践，后来他又去别处做官，无论在哪里，都磊落有风骨，为后人称道。

在古代，芒种这个看似务实的节日，其实也是有浪漫的因子的。《红楼梦》中记载了古时这天的风俗：

> 凡交芒种节的这日，都要设摆各色礼物，祭饯花神，言芒种一过，便是夏日了，众花皆卸，花神退位，须要饯行。

其实按现在的说法，立夏之后就算夏天了，然而初夏寒热交替，非要等到芒种后"逢花已自难"的时候，才预示着炎热的夏天真正到来。因为再难见到花开,所以更要隆重地与花辞别,大观园里的女儿们,"或用花瓣柳枝编成轿马的,或用绫锦纱罗叠成干旄旌幢的,都用彩线系了"。把园子里的每一棵树每一枝花上,都装扮得花枝招展,用来告别鲜花和春天。有实在地扎在土地里的,也有浪漫地飘在风中的,那些漫长年岁里周而复始的时节。

## 艾草有心，何求人折

端午节，去山深处，听听水声。仲夏水草丰茂，水边艾草丛生，有山民在采，女儿新鲜之下有样学样，小胖手拔得很高兴。看着她那笨拙的样子，恍惚间让时光回溯——童年时每年端午的清早，我都会跟着姥姥和妈妈去郊外拔艾草。那一天人们往往都赶早，艾草上的露水尚未干透，就被人们一拨拨地拔去。艾草的叶片和菊花很相似，虽然也是草本植物，但色泽却迥然于其他，淡青中点染几分明澈的苍白，很孤寂，又有些清傲，仿佛明白眼前这些人都是为它而来。

端午节要用艾水洗澡，是故乡的风俗。因为地处巴楚一代，楚俗浸润很深，故乡的人们对端午节俗很重视。又因为汉水穿城时很是磅礴，天时地利人和之下，孕育出相当大的龙舟赛规模。端午的龙舟赛是小城的盛事，小时候每年的这一天，汉江边都挤满了观赛的人。后来市政专程在河的两岸认认真真修了看台，供市民观赛。

这是一年一度的大热闹。小时候每年端午，都要跟着一众发小们在人潮中疯跑半日，才哑着嗓子、大汗淋漓地回家。母亲早备好了一大盆艾水，就等我进门端出来。她坚信老人们一代代传下的话，认为端午节用艾草洗完身子，蚊虫不咬，百毒不侵。

艾草是适应性极强的植物，它生长在荒地、田埂中，不仅茂盛，数量也不少，足够去的人纷纷满载而归。记得当时问过母亲，为什么大家都要在端午节这天来拔艾草，母亲说风俗是这样，又说这种草具有药性，挂在门上既能治病，还可以辟邪。幼时的我本就对这种香味独特又能药用的草很有好感，"辟邪"的神秘说法又极其神秘，所以艾草理所当然成为我心中最能代表端午节的意象。

其实，艾草和端午节的联结在我国已经有很久的渊源了。宋代孟元老《东京梦华录》中描绘了端午节时家家悬艾的场面："自五月一日及端午前一日，卖……佛道艾，次日家家铺陈于门首，……又钉艾人于门上，士庶递相宴赏。"这万人争相铺草的盛况，一年恐只在这一日可见。张岱在《夜航船》中也提到了艾草"辟邪"的功用："端阳日以石榴、葵花、菖蒲、艾叶、黄栀花插瓶中，谓之端五，辟除不祥。"艾草作为人们愿望的载体而受到重视，甚至还曾有过"艾与百草缚成天师，悬于门额上"这样的仪式。

艾草为人所关注的还有它的药性。南北朝宗懔在《荆楚岁时记》中提到艾草："鸡未鸣时，采艾似人形者，揽而取之，收以灸病，甚验。"说的就是艾草的药用价值。李时珍在《本草纲目》中详细记录了艾草的药性："艾以叶入药，性温、味苦、无毒，纯阳之性，通十二经，具回阳、理气血……等功效，亦常用于针灸。"恰好和《荆楚岁时记》中的"灸病甚验"相合。而且艾草是年份越高药性越好，所以才有《孟子》中"七年之病，求三年之艾"的说法。

端午节处在芒种后，此时阳气正炙，气温回升，多种疾症正当易发时，而具备"纯阳之性"的艾草，和无法抵挡小满时节愈盛的阳气而死去的"靡草"恰恰相反，它有很强的生命力，所以才能在这个时节发挥药性，保护人们的健康。"凡物感阳而生者，则强而立；感阴而生者，则柔而靡。"艾草拥有"强而立"的质地，因而"悬于户上"，便可"禳毒气"。所以才堪与端午节一道，承担起千年延续的文化价值。

中国国土上草木众多，艾草只能算泱泱众草中的平凡一株。而中国人自古崇尚自然，和草木之间的渊源深厚，常将自己的情感投注其中，历代诗文中几乎遍地可见与草木有关的句子。就像孔子在《论语》中说《诗经》，就提到了"草木之名"可以让人们借来"兴观群怨"的功用。而《诗经》中提到的各种草木，也的确都附着了情感和意义，引出人们的百种情思。而在端午节所祭奠的爱国诗人屈原的诗中，也常能见到有关香草的意象。他诗文中的人物，像"被薜荔兮带女萝""辛夷车兮结桂旗""被石兰兮带杜衡"的山鬼，简直就是用山林草泽装扮而成的草木精灵。还有什么"兰令人幽""菊令人野""莲令人淡"等，其实谁不知道这只是人们的一厢情愿呢？唐代诗人张九龄就在他的《感遇》诗中替草木代言："草木有本心，何求美人折！"

小时候岁岁端午的艾草气息，给我的潜意识里扎下了根深蒂固的渊源，以至于十几岁离家之后，我都会因为再闻不见那股药草的清香而怅然若失。直到近些年，端午节的艾草香味才随着父母和孩子重新回到生活中。但这已不是专属于我的了——它已变成姥姥姥爷的心意，被交托给更小的孩子。女儿丸子有个很可爱的小性情，天生对黑色的东西有着本能的嫌恶，平时要看见黑色的食物，就是再饿，也怎么都不肯吃一口的。更何况要把她往一盆黑水里栽。果然，锁紧了小眉头哭叫了半天，未果，只得大义凛然地立在澡盆里，高仰脖子紧闭眼睛，咬着牙喊叫："不要！不怕！不要！不怕！"

逗得不行。母亲笑哄着把孩子洗完，包好了递到我怀中，幼童的奶香味混杂着淡淡的艾草清香。那一刻百感交集，父母日渐老去，当年的少女也已成年，新一代的孩子在怀中。岁时和人世一起，无声无息地轮转。真好，这人世间的时节。

## 夏至极

仲夏时节，去看姐姐的路上，偶遇几朵碎在枝头的花。都是特别清秀的模样，通身邻家少女的气质。也都有个好听的名字，"珍珠梅"与"无尽夏"。

夏至一过，全盛的夏天就铺天盖地的来了。此时天地间积蓄够了的暑气，一下子释放出来，冲得人一下子受不住。夏至是一年中白昼最长的一天，夏至之后，日暮就来得越来越晚。不过一时倒也感觉不到这细微的渐变，只是在这一天长过一天的白昼里，一点点体察到天地的秘密。

夏至是二十四节气中第一个被确定下来的，一千多年前，人们通过测量太阳下事物的长短，确定了这个节气。日影随时间推移变化，冬日最短，夏日最长。究其原因，可能在于日月轮转中，留下的一个"极"字。《汉书》中记载："日月之行也，春秋分日夜等，故同道；冬夏至长短极，故相过。"日升月沉是自然规律，但随之产生的寒暑却与人相关。于是，一年之中极寒极暑的这一天理应被人们隆重地记录下来，用以纪念。

不过，若照着"日中则昃，月满则亏"的说法，和夏天开头的"立夏"比起来，"至"则并不代表着一个开始，而是昭示着一个终结，自夏日起的一派繁荣开始微变。《后汉书》中这样写这个微变："仲夏之月，万物方盛。日夏至，阴气萌作，恐物不懋（茂）。"意思是说，仲夏本是阳气繁盛的时节，万物都朝着愈来愈欣荣的方向发展。而夏至是这繁盛的顶点，然而也是在这一天，天地间的"阴气"开始悄悄地复苏。自然总是在人觉察不到的时候悄悄显露它的神异，天地间有阴阳，阴阳交替，四时相续。然而这交替却是一点都不突兀，而是彼此掺杂着，绝不泾渭分明。夏至是一年中最炽烈的一天，沉睡多时的阴气本该对这一日避之不及，但实际上，它却偏巧从这一日开始复苏。与之相对应的，是阳气也从这一天开始衰退了。

牵一发而动全身，这种复苏当然会产生物候的征兆。《礼记》中说："夏至到，鹿角解，蝉始鸣，半夏生，木槿荣。"鹿在古时候一直同"麋"相对，两者虽然是同科里非常相似的两种动物，但古人用区分"凤"与"凰"的想法来区分二者，认为它们一个属阴一个属阳。鹿的角是向前而生，在方位上属阳。到了夏至这一天，阴气萌动而阳气始衰，于是，鹿角便开始脱落，这就是"鹿角解"。枝头的知了在夏至后也感觉到了树木渐染的阴湿，于是开始鼓翼而鸣。在有些人印象里总觉得蝉鸣是伴随着整个夏天的，但其实不然，细心观察就可以发现，蝉鸣往往是自夏至日后才开始的。

天地间气息的变化当然也会蔓延到田间地头。小满后阳气炽烈，田间的糜草因为承受不住那样烈的阳气所以死去，而在它们沉睡一月后，阴气复苏。性喜阴湿，常生长于仲夏的湿地中的半夏开始出现。阴阳周而复始，草木亦周而复始，只是草木可得数秋，人生却只有一世，所以人们无法用草木那样的随性姿态去对待一年一度的轮回，而是要用虔诚而审慎的姿态，去探求天地间最细微的变化。

还有"木槿荣"——木槿正是在这个时候开花。《本草纲目》中描述这种花："五叶成一花，朝开暮敛。"木槿花每每于清晨开放，日落便收拢垂败，好像只愿向日而生。近年城市中绿化多用这种花，应该有花期长的缘故，它能从五月开到十月，大大填补其他夏花绚烂却短的缺憾。因为到处都是，也因为没其他花跟它争妍，每天出门回家都能看上几眼，也因为平凡，哪哪的都是一样，清早还新着，傍晚就旧了。朝开暮敛，从无例外。就觉得它平平无奇的枝叶中蕴藏着一种别样的韧劲儿，绝没有看起来那样柔顺，不想轻巧地遵循生盛衰败的规律，不愿轻易把自己委身时节。但就是这循环的层出，却比恒定绚烂的那些更让人觉得无穷。于是它成为真正能占领夏秋空间的花木。

晋代羊徽有《木槿赋》，里面写道："有木槿之初荣，藻众林而间色。在青春而资气，逮中夏以呈饰。"花开半夏，朝生夕死，是颇有灵性的花木。《诗经》中记录了一个男青年赞扬同车的女子"颜如舜华"，"舜华"指的就是木槿花，但其实我一直不理解这个男青年为什么要用此花来比美人，无意中隐喻了阴阳交替，红颜薄命，让人觉得感伤。不过，我曾在一封古人的书信中看到一句这样的话："木槿夕死朝荣，士亦不长贫也。"这是从天地的变换中，照见了草木的荣枯，然后用来宽慰波折人生的一种方式吧？

夏至已过，天气虽然还炎热着，但天地间的暑气已经开始消退。尽管要到很久以后才被人们所觉察。

## 荷花风

昨晚回家,看到小区门口卖花大叔的架子上有卖荷花的。最后一束,一张塑料纸将四枝花苞裹一起,卖二十元。

贵,因为它最外层已有些泛黑的颜色,和脱水到略微卷起的粉色花瓣。尽管大叔拍着胸脯跟我保证说它回去泡点水一定能开,但也心知它必然会跟之前在他家买过的蔷薇、雏菊、百合一样,不过撑两日的新鲜。越小越新的花苞,其氧化腐朽的速度越快。

但想到日前在南山下看到的那片荷田,思及它曾经和如今本该有的模样。无法不怜惜,带它们回家,度过了一个荷香淡淡的夜晚。

北方人可怜,近处没有深广的湖泊,想看辽阔些的风景,还得驱车二十公里,一直跑到秦岭脚下。山有扶苏,隰有荷华。一直下着雨,荷田背面的山上云雾翻卷,片刻看得见下一刻又不见。

曾闻醉翁语，山色有无中。爸爸说好久没见这样辽阔的风景了，非要给我在稻田里拍一张照片。

近来愈发燥热，这天气下什么都是蔫蔫的，荷花选在这个时候开，似乎就是在告诉人们，风物正闲美，与寒暑无关。原本大多数花都在春天开放，然后在荼蘼花时纷纷凋谢，好像很应时，又好像娇弱得难以承受一日胜似一日的暑气。可荷花却偏偏选在这之后，从水中悠然地攀起来，不走寻常路，很有风骨，也很有脾气。

荷花生来是夏花，夏天炎热，人们不由得就想去水边纳凉，偏巧它就生长在水泽池沼边，相得益彰。不过，却不是什么池子都可以长荷花。《看山阁闲笔》中写荷池，"荷池必须宽长，更作盘曲之势，以备携舟相赏"。现在城市中并不多见划船深入荷塘的玩法，只能是将莲花栽植过来，再修个石桥木栈之类的供游人观赏，还时常围个栏，以免游人玩得兴起随手攀折。于是，最美的荷花只能向池心遥遥观望，岸边的荷花早已不知所踪只剩残枝。有点煞风景，所以只能遥想，当李清照每次溪亭大醉后"误入藕花深处"，会看到什么呢？而当张岱纵舟于月色之下，恣情"酣睡于十里荷花之中"，那时的梦会不会也团着荷花的香气？

荷花被誉为花中君子，"侵晓开放时，缓步至池上，自有一种清芬之气。透人怀抱，益远益清，深得君子之风味也。于是濂溪爱之"。濂溪就是周敦颐，《爱莲说》的作者，大名鼎鼎的"爱莲人"。在他的笔下，荷花怀有高洁的人格，虽然美丽，但却始终和人隔着一重朦胧的水汽。还有荷的香气，和其他花浓郁甜美的气息不同，它是真正的清香，且愈远愈淡，愈淡愈清。常言道"君子之交淡如水"，荷花无疑"深得君子之风味"，长久以来为人们所喜欢。此外，它盛开时那浓烈的红、清净的白和恬淡的粉，映着池中接天的碧绿，亦美得令人折服。

不惟濂溪，清人李渔也对荷花颇为喜爱。荷花是水生植物，和根植于土壤间的群花并不相同，但在李渔眼中，荷花与其他花一样，"有根无树，一岁一生"，看似有异，实却趋同，所以他并非是认可周敦颐那套"出淤泥而不染，濯清涟而不妖"的说法，而是看到了荷花的别样可爱之处。

李渔认为，"自荷钱出水之日，便为点缀绿波，及其茎叶既生，则又日高一日，日上日妍，有风既作飘摇之态，无风亦呈袅娜之姿，是我于花之未开，先享无穷逸致矣"。"荷钱"指的是初生的小荷叶，在荷花开放之前，便是它先打了头阵给池塘增致，这当然比别的花草只能在花开几日招摇片刻显得有优势。而荷花盛开之时就更不必说了，李渔姿态极高，称花盛开之时的"尽态极妍"为花之"分内之事"，是养花人的"应得之资"，所以这满池荷花的"娇艳欲滴""后先相继"并没有什么特别珍贵之处。唐代李商隐也曾写诗《赠荷花》："世间花叶不相伦，花入金盆叶作尘。唯有绿荷红菡萏，卷舒开合任天真。"则是把荷叶荷花并在一起夸了。

荷花最珍贵之处在凋谢之后。由夏而秋，花叶相生，该算完成了它的使命，可是荷花并不满足于此，花落之后，"蒂下生蓬，蓬中结实，亭亭独立，犹似未开之花，与翠叶并擎"，不到霜秋不止。莲藕香脆可口，也是人们所喜爱的食物。但在文人墨客笔下，荷落成藕并不总唯美，《红楼梦》中命运多舛的香菱就有"根并荷花一茎香，平生遭际实堪伤"的判词，连同那幅预示着她命运的水涸泥干、莲枯藕败的池沼图，想起来就心痛。

春天有百花生日，而莲花在花朝节外还有自己单独的生日。明人袁宏道有诗言及"苏人三件大奇事"中的第一件，就是"六月荷花二十四"。旧俗里将这一天定为荷花生日，苏州人会集体前往城外的荷花荡游玩。其时莲花之美，游人之盛，光景之灿，不可名状。"苏人冶游之盛，至是日极矣。"

四季风物轮换，草木多美，可是像荷花这样"无一时一刻不适耳目之观，无一物一丝不备家常之用"的花，真的很难不令人喜爱。李渔说它"有五谷之实而不有其名，兼百花之长而各去其短"，是实至名归的评价。

## 林泉高致

这两天读一部明代老故事,其中有一节花了大篇幅写一渔一樵的对话,两人一个依山,一个傍水,都不入仕宦,却都是通文墨的。两人分别铺排起山与水的韵致,较量水秀和山青谁更胜一筹。在水的有一叶扁舟,一江风月,坐拥烟波浩渺,鸥鹭忘机,芦藕青荇,蓑笠鲜鱼;在山的有一屋林泉,竹掩柴扉,朝霞暮云,松林月照,女萝藤葛,鸡兔鹿獐,座中佳客,左右修竹……比到最后也没分出个高下来,旁观者看了,倒更像是在显摆出世者的超然和惬意。知道没什么深刻意义的内容,无关大概念,还多少带着些避世消极,却仍看得津津有味。

说起林泉高致,陶弘景那篇《答谢中书书》应该是最有名的:"山川之美,古来共谈。高峰入云,清流见底。两岸石壁,五色交辉。青林翠竹,四时俱备……"它被收在中学课本中,许多人上学时都读过。

　　陶弘景是南北朝时著名的隐士,曾隐遁山水间四十余年。四十余年是什么概念,把这个人的一生拉扯开,尽皆山光水色。所以山水便如数家珍般自然地从他笔下流淌出来。对山水的向往是长久以来人们普遍的心愿,生活总免不了琐碎和喧嚣,所以人们才会下意识地想远避到尘世之外的地方去。所谓"古来共谈"。

　　深山远水隔绝出足够的神秘感,足够人们为它演绎种种神异的想象。成书时代极其遥远的《穆天子传》里,就代表了远古人们对神祇的憧憬。穆天子就是周穆王,相传他曾驾八骏西征,还一度与瑶池王母相会。会面后的一人一神互有好感,王母甚至还为周穆王殷勤作歌:"白云在天,丘陵自出。道里幽远,山川间之。将子无死,尚能复来。"并许下再会之期。可惜人神有别,周穆王有生之年再没能去瑶池赴会。这个神话流传极广,李商隐就曾写诗代言瑶池王母的惆怅:"八骏日行三万里,穆王何事不重来?"

　　周穆王和王母相会之处在昆仑山:"天子升于昆仑之丘,至于群玉之山。"昆仑山又称昆仑虚,是中国神秘了几千年的第一神山,西汉《神异经》描摹此山时更为大胆,"昆仑之山,有铜柱焉,其高入天,所谓天柱也。围三千里,周圆如削"。不可谓不神异。昔日汉武帝曾八登东岳泰山,惊为天山,连连感叹:"高矣!极矣!大矣!特矣!壮矣!赫矣!骇矣!惑矣!"渺小的人在面对造化之功时不由自主地发出的慨叹,即便是人间至尊,在

北宋 屈鼎 《夏山图》

流传近一千年的水墨，色彩层次已因纸页泛黄而陈旧，但掩不住其上充盈繁盛的山野夏日气息。图画中远山连绵，云雾弥漫，泉水潺湲，宫观隐约，当中的人物，行客、渔樵、农工、隐士等，为画面点缀了灵动的生气。依旧鲜活的风景，似曾相识的笔墨，温润流动的气息，让人觉察到山水的永恒。

天地之力面前也不得不低头。就连人们亲眼可见的泰山都是这样，更何况传说里"其高入天""围三千里"的昆仑神山。《山海经》中记载，昆仑山在"西海之南，流沙之滨，赤水之后，黑水之前"。"南""滨""后""前"，像在限定神山的方位，又令它离人世更加遥远。

林泉烟霞仙圣，人情所常愿却不得见。那些关于神异境地的向往始终不止，却似乎从没有人真正达成。不过这也无妨，还有城外真实的山水能够承载人们隐遁避世的愿望。这欲望有时还很强烈。明人吴从先这样写过："临流晓坐，欸乃忽闻，山川之情，勃然不禁。"人对山水情不自禁。还有欧阳修的"山水之乐，得之心而寓之酒也"。人在山水间忘乎所以。东坡居士当年被贬黄州时寓居山水之间，常于"酒醉饭饱"之际，"倚于几上，白云左缭，清江右洄，重门洞开，林峦坌入"。因俗世苦闷封闭的心门，为林泉洞开，清新的风物随之盈满。"若有思又无所思，以受万物之备"，苏轼觉得是山水替他破解了心中的疑惑。

但隐者毕竟是少数，即便那少数之中，也有被迫或是别有所图。因为人生于世，总要确立自己的存在，追求价值的实现。这与"尘嚣僵锁"相合，却与"隐遁山林"相悖。于是才呈现出一种既渴望回归自然的怀抱，又无法放下尘世营营琐琐的纠结状态。但纠结也不能任他纠结，只能在两难之间寻求其他出口。

于是山水成画。宋代山水画家郭熙在其画论《山水训》中有一番说法。他认可人们对隐逸山林的向往,但却不赞同人们将这种想法拧成执念。

这也是《招隐士》中喊过的那个意思:"王孙兮归来,山中兮不可久留。"郭熙认为,如果一味顾及自己的超脱,肯定会辜负人世间的种种责任。不过画家还是给了一条出口,这便是"卧游"山水画卷。从寄情山水转向寄情山水画,将山水画卷悬于室内,不能出游时偶然一望,凭借这一时的幽思,在出世的道和入世的儒之间,寻一个平衡点。

## 夏席,云烟之具

芒种后,夏天的酷热便一发不可收拾了。丈夫对我说了几次,想在卧室里铺个席子祛暑。奇怪,家里的冷气明明给的那么足,怎么睡都不应觉得热。感觉不是必需品,听了一耳朵后便忘了。直到那天翻王维的诗集,在当中读到一句诗:"所居人不见,枕席生云烟。"王维的诗文读过很多,可眼前的字眼却似乎从没注意到。心里默念了几遍,自有幽凉之意。当时书房窗外,夜幕下万家灯火裹着暑热袭来,那一刻突然觉得,盛夏已到,或许真是该铺上凉席了。

席子一直是夏天里人们居家的良伴。竹席、草席、苇席,甚至还有玉石之类的枕席……各种材质的席子,带给人们不同触感的凉意,同睡眠一起印刻在皮肤上。所以即便相隔多年,也不再必需,亲切感还是说来就来。那身体碾压过席子时的吱呀声,晨起时四肢上清晰的纹路，甚至偶尔被芒刺划伤时的微痕，都是切身的体验。尤其盛夏的下半夜，白日残存于地表的热气终于消散，属于夜晚的清凉开始丝丝缕缕地从席子的缝隙间透上来，辗转反侧之间，皮肤上似乎也被染上了草木清香。这源自草木本身的清凉，空调电扇之类的人造电器，终究无法带给人们这般熨帖自然的舒适感。

席子曾是人们一年四季都不可或缺之物。先秦、两汉甚至更早的时期，在胡人的桌凳等家具还没有传入中国的时候，即便尊贵如王侯，也都是坐在铺有席子的地面上的。所谓"席地而坐"，正是这么个由来。而后世包括"席位""席设"等词，也都是出自于此。那时人们的坐法和我们如今所谓"席地而坐"不同，他们是那种两膝着地、臀部落于脚踝的跪坐。地面坚硬，这种坐法在今天看来是很不舒服的，但在当时却是人们约定俗成的社会礼仪。即便是贵族之家，最多也就是在典礼上在大席上铺一张小席，这种两层的铺法叫作"重席"。《仪礼·乡饮酒礼》中说："公三重，大夫再重。"席子的层次，也是按照坐的人地位的高低铺设的。

但也有不铺的，比如《左传》中就提到，"昔阖庐食不二味，居不重席"，能被专门记上这么一笔，可见在当时，贵族不铺重席，甚至都能被树作简朴的典范了。但再简朴也不能不铺，在古代，贵族不铺席而坐是无礼的。但也有例外，战国名将吴起昔日带兵打仗时，曾"与士卒最下者同衣食，卧不设席……与士卒分劳苦"，在这里，不设席是上下同甘共苦的象征。此外，《周礼》中还有"五席"之说，这不是说铺五层席，而是按当时的礼仪，人们在大典上用"莞、缫、次、蒲、熊"五种不同质地的席子，来区别参与者的身份。

古老中国的许多生活用具都曾被赋予种种意味，许多社会信息要通过它们传递。这些细节也显示出社会阶层和伦理关系的森严秩序。当时不只铺法和质地区分严格，就连坐法都是有讲究的。孔子就很清楚地表过态，"席不正，不坐"，说明古代席子在一间屋子中是一定要摆得端端正正的，胡乱放是不行的。《礼记》里也清楚标明："为人子者，坐不中席。"这不难理解，就是在今天，一个场合内的座次都是以中为贵的。古代更是如此，一张席子上中间的位子是尊位，即便一张席上只有一个人，如果还有父母健在，独坐时也不能居中而要靠边。而且身为晚辈的就算已经落座，万一有长辈进来，也要"避席"以表敬意。

以上言及的席子，都是作为坐具而存在的。而大约到南北朝时，由于各式坐具的传入和改良，垂足而坐开始流行并发展起来。人们肯定觉得这样坐起来更加舒服，于是到宋朝，坐在坐具上便彻底取代了席地而坐。不过，席子的生命力并不会因人们坐姿的变化而减弱，因为没有电力制冷的夏天里，人们实在太需要把它铺在床上来降温了。宋代朱熹赞说："溽暑快眠知簟好，晚凉徐觉喜诗成。""簟"就是竹席,一到酷暑,它就从一众家具间凸显出来。江淹《别赋》里的"夏簟清兮昼不暮",李清照《一剪梅》里的"红藕香残玉簟秋",人们的生活少不了它。何况它还能带来别样的浪漫,清代纳兰容若写心事:"正是辘轳金井,满砌落花红冷。蓦地一相逢,心事眼波难定。谁省?谁省?从此簟纹灯影。"簟纹就是竹席留下的痕迹,盛夏时分,谁的身上没有印过簟纹?

有渊源的物件像是有生命的,而且会慢慢和有渊源的生命联结。看到它时你会想起很多东西,就比如眼前的席,社会化的信息虽然没有了,但总还能给我们清凉舒适的惬意。所居人不见,枕席生云烟,王维写得真好,在夏日里,席是真的能带来云烟之感的器具。

## 棋声惊昼眠

美酒宜春,棋局消夏,要说漫长夏日中的惬意事,下棋绝对能排到前几。宋代苏东坡有首《阮郎归》:"绿槐高柳咽新蝉,薰风初入弦。碧纱窗下水沈烟,棋声惊昼眠。"碧树浓荫,蝉鸣阵阵,风动管弦,碧纱水雾,很典型的夏日风物,烘托出这个适合休养生息的好时节。词中还有一个很值得注意的物象,苏轼把它"嗒"的一声撂在我们面前——这便是棋子落下的声音。

不知有多少人曾静心留意过棋子落于盘上的声音。它和"松声、琴声、雨滴阶声、雪洒窗声"等声音并在一起,被认作是世间至清至冽的声音。苏轼被这样一道清凉的声音惊醒了午睡,当然以他的性格,不仅不至于生气,多半还会起身上前围观,与弈者一道沉入这方寸间的厮杀里。同样是在夏天,宋代另一个诗人赵师秀也用这道声音,消解过约人不至、期待落空的惆怅。"有约不来过夜半,闲敲棋子落灯花",夏夜漫长,可他在等的那个能跟他对局的人,却始终没有来。

我其实不太会下围棋,但这并不妨碍我隐约感觉出这一方小天地里暗藏的偌大乾坤。小小的黑白二子喻指阴阳,蕴含"品势行局"。方寸之间、经纬纵横的棋盘上又有三百六十一个交叉点。点点明看是联合,却处处暗藏变幻。棋盘方正,棋子灵动,起落走法不同,棋盘上便会呈现出截然不同的面貌,看起来再小的一步,可能都会不经意影响到最终的结局。古往今来没有两局一模一样的棋局。

中国文士从来与棋交密。孔子曾对弟子说:"饱食终日,无所用心,难矣哉!不有博弈者乎?"他是在告诫弟子,平日里应该经常去试试"博弈",这里的"弈"就是指下围棋。孟子还记录下了历史上第一个名见经传的围棋国手,"弈秋,通国之善弈者也"。有人能凭借着棋艺高超而名扬天下,可见在遥远的先秦,弈棋就已经被人们抬到一个相当高的位置了。

自春秋后,历代都有围棋高手涌现。尤其是在以风雅著称的宋朝,上至帝王将相,下至贩夫走卒,都钟情下围棋,是弈棋一艺的黄金时代。宋人认为,这小小的弈棋之道,尽管看起来既无益于治学,也无益于教化,但却进可以"见兴亡之基",退可以"知成败之数",是名副其实的"见微知著"之戏。

既受到这样的重视,哪怕形式上都是不容忽视的,就连棋盘

## 五代·周文矩《重屏会棋图》（摹本）

此图描绘南唐中主李璟同他几个弟弟会棋的画面，五代原稿已散佚，如今传世的是摹本。弈棋是古人重要的休闲消遣方式。四人身后的屏风上又展示着另外一幅生活图景，所谓『画中有画』。画中画上是白居易的『偶眠』诗意图，屏风中又画有一扇山水小屏，内外共两个屏风，加深了图画空间的纵深，故画名曰『重屏』。画中一个有意思的小细节是当中两个人物——景达和景逖兄弟，上身都正襟危坐，下身则各踢掉了一只鞋子。古人讲究尊卑秩序，这种有失端庄的行为，常被后世解读为艺术创作时应当不受束缚，自在无拘，也为后世人留下了非常生动的细节。

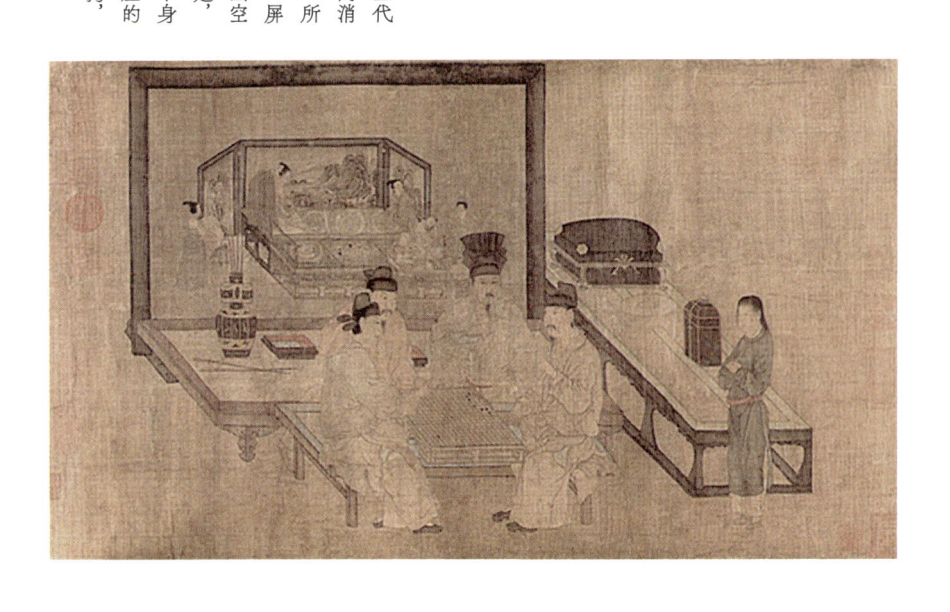

与棋子的选材都是颇有讲究的。也并不是材质越名贵的就越好，虽然像翡翠琥珀、蜜蜡珊瑚之类的贵重之物被琢成围棋后无人不爱，但有时人们难免会分不清那是对珍宝、还是对棋子本身的喜爱。讲究的弈者日常最爱用的还是云南棋。云南棋指的就是云子，是以云南的琥珀、玛瑙等为原材料制成的，质地细腻，手感温和，是古代最上乘的棋子品种。当人们在炎夏里坐在亭阁之中，手心拿捏着温润清凉的棋子，全心投入棋盘之上，浑然忘机间，时光稍纵即逝。

肯定有人觉得，比起娱乐，弈棋更像是一项文化活动，可以消闲，却不能拿来行乐。比如清代有名的玩家李渔就认为，如果人们是把下棋当成一桩娱乐的事来看的话，就该轻轻松松的。他不能理解，为什么有的人连荣华富贵都能弃如敝屣，却在围棋中赌胜，寸步不肯相让。他觉得这现象很奇怪，就像三千里家国都让得出去，却跟人在街头因为争个饭食打得头破血流。这不是荒谬吗？于是，李渔得出一个善弈者不如善观棋者的结论。选择作壁上观，看人赢了我也高兴，看人输了我也不用烦忧，怎么都好。而正是从他这个调调，反可以看出其人应该也是把下棋的输赢看得比较重的，正因为渴望常胜，所以才处处计较起来。看客当然也能过过干瘾，只是终究置身事外，怎么能真正得到下棋的趣味呢？就有人不客气地评论这种态度，"非常欢喜非常恼，不看棋人总不知"。

相比起来，苏轼就比李渔想得开多了，他曾坦言自己不解棋也不擅下棋。他曾经独游庐山白鹤观，看见里面的人大白天的都关着门，"长松荫庭，风日清美"之间，只听"棋声于古松流水之间"。这应该也是个夏天吧，深山空旷，不闻人声，时闻落子，幽美得不类人境，苏子也很欣然。作为十项全能的他当然不甘心在"弈棋"一道上栽跟头，所以多次下功夫自学，可惜他这方面的天赋的确不够，最终还是不得解。不过不解好像也没什么，就像他说的，"胜固欣然，败亦可喜"，明显更豁达，也更贴合弈棋之道。

但历史上也有既棋艺高超又心态超然的，在名士风流的东晋看，随手可挑。印象里，那个朝代总泛着淡淡的烟青色，仙气飘飘的氛围里头，围棋被人们称为"坐隐"和"手谈"。"坐隐"讲究喜怒不形于色，"手谈"讲求默不作声、胜负不言。当时的名士王坦之、谢安等，都是此中翘楚。相传当年谢安统领淝水之战，在战况最激烈的时候，他却仍能与人悠闲地弈棋喝茶赌别墅，看似漫不经心，实则却稳定了人心，很有风范。

"悠然笑向山僧说，又得浮生一局棋。"棋是夏时最合宜的风物之一。浮云苍狗，风物时节飞速变换着。但专心着什么的时候，往往感觉不到时间的流逝。有时候觉得，还有那么多未竟的事要去执着，有时候又觉得，就连眼前的微小都还没有来得及珍惜。但应该要珍惜。没听过那烂柯人的故事吗？

## 淡烟流水画屏幽

搬家收拾出好多杂物,大包小包也无法塞回柜子,只得通通堆往墙角。虽说是权宜之计,但这大小几包天天在眼皮底下,总让人不舒服。秦观有一句闲词:"淡烟流水画屏幽",灵感被触动,立刻出门去家具商场弄回一架竹木屏风让那角落被它盖住,没有什么点染,纯木色衬着旁边一株绿植,看在眼里立刻就心旷神怡起来。

中国古人讲究"婉曲",个人的居所不好暴露于人前。于是就在原本空空荡荡的房间里寻几个关键点,摆上几架屏风,屋子虽还是那间屋子,但感觉却大不一样起来,像是咫尺之内突然就有了山重水复,错落有致地延宕开来,生活里远近亲疏的层次,也就此区别开来。

不过,用途如此生活化的屏风,究其起源,还是与帝王相关。

司马迁《史记》中道:"天子当屏而立。"早期的屏风是专门立于君王御座后头的,屏风的帛布上一般都画有"斧钺"之类的兵器,和古代用于仪仗的"华盖"一样,都是帝王威仪权柄的象征。后来,人们将屏风拓展到平民生活之中,使它不再是帝王的专享。汉代刘熙的《释名》中对屏风的解释是:"屏风,言可以屏障风也。"而为什么在室内还要障风呢?因为中国古代的住宅大多为木作,土木建筑通透性虽好,却无法有效地防风抵寒,所以室内屏风的一大功用就是进行内部的防护,以免主人动辄感染风寒。宋代欧阳修有首《玉楼春》词,描摹一对夫妻卧房内的生活图景:

## 五代·顾闳中《韩熙载夜宴图》

此图是中国古代人物画中的经典之作。据《宣和画谱》记载，此画是五代南唐画家顾闳中奉后主之命，潜入中书侍郎韩熙载的府第，窥视其放浪的夜生活，而后凭目识心记所绘成的。时隔千年，画中形态各异的人物依旧凭借画家的丹青妙笔而栩栩如生。画中绘制了五个场景：主人韩熙载与来宾共同聆听乐女弹奏琵琶，韩熙载击鼓，舞女翩翩起舞，堂中众人聆听观赏；韩熙载在屏风与围床之中休息，一边同身旁的美女说话；韩熙载手执扇子，欣赏五名乐女吹奏，当中有两人吹横笛，三人吹筚篥；韩熙载同宾客与乐女戏谑调笑，结束夜宴。此图在当时的产生包含有复杂的政治因素，在此我们暂且不提，只看图画本身，也足以窥见一千年前贵族居家生活中的些许细节了。

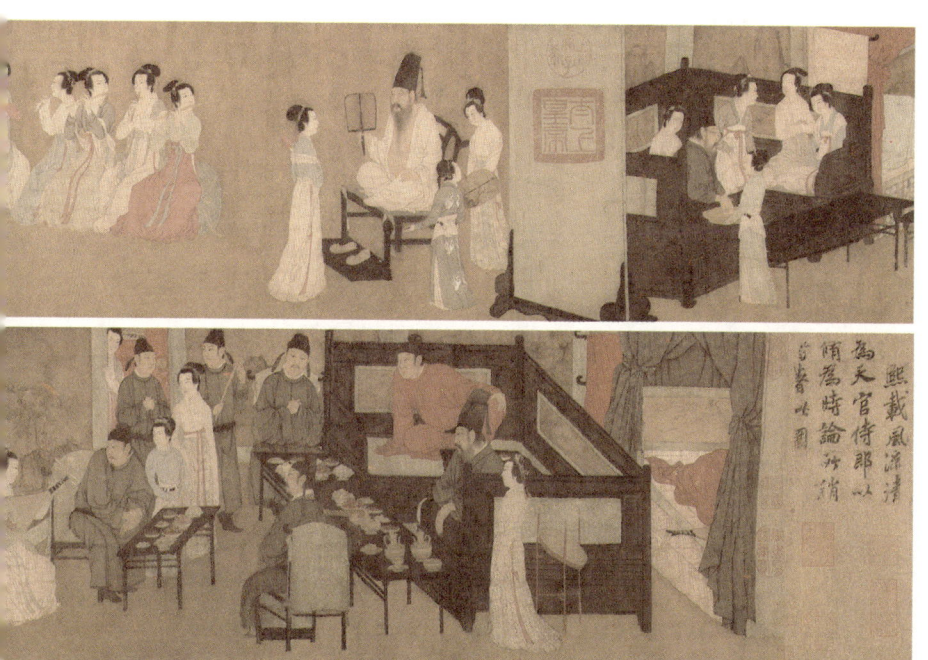

"夜来枕上争闲事，推倒屏山褰绣被。"一对夫妻睡前说悄悄话，一言不合就恼了，以至于妻子（也可能是丈夫）"推倒屏山"。屏山就是屏风，因屏风上常见山水画而有的别称。可见，在卧房中乃至床前设屏挡风，是古人居家生活中的流行风尚。

屏风在室内的用途当然不只是挡风这么简单，五代著名画家顾闳中有一幅著名的《韩熙载夜宴图》，原图已佚但仍存宋摹本，展现了官员韩熙载在自己家中夜宴歌吹行乐的情境。情境中有好几架屏风，位置不同功能也各异，但还是能清楚看到，正是这些屏风将偌大一个空间间隔开来。一屏为界，内外氛围截然不同：画中人各行其乐，互不打扰，尤其值得注意的是那倚屏而立的仕女，时而探头窥视，时而隔屏与青年交头接耳。而画外人则若有所思，和画中隔屏偷看的仕女一道探求屏风后头的秘密。屏风后当然是有秘密的，《史记·孟尝君列传》中就清楚记载着，战国四公子之一的孟尝君，在自家的屏风后头常备有侍史，每当他与来客攀谈时，侍史都会将"君与客语"记录下来，以供亲友查看。如果来客当着侍史的面，估计是无法和孟尝君自在交谈的吧。此时就显出这一道屏风的作用——隔屏藏耳。

因为古时贫富贵贱的差异，屏风自然也有了华贵与朴素之分。豪门贵族家的屏风当然是极尽奢华，无论是材质、形制还是工艺，都极尽考究之能事。《长物志》中提过这种"贵屏"："屏风之制最古，以大理石镶下座，精细者为贵。次则祁阳石，又次则花蕊石。不得旧者，亦须仿旧式为之，若纸糊及围屏、木屏，俱不入品。"这一看就是贵胄们的口味，而被他们视作"不入流"的木屏等素屏，则在民间流行。"歌诗合为时而著"的唐代诗人白居易，就曾为素屏作歌："素屏素屏，胡为乎不文不饰，不丹不青？当世岂无李阳冰之篆字，张旭之笔迹？边鸾之花鸟，张璪之松石？吾不令加一点一画于其上，欲尔保真而全白。"尽管无法与贵族们那些"缀珠陷钿贴云母，五金七宝相玲珑"的"步障银屏风"比华美，但却胜在"夜如明月入我室，晓如白云围我床"。白居易想表达的正是对素屏返璞归真的赞许，其实，物各有所宜，各有所施，两者本来就没有什么可比性，倒不如退而求其次相互欣赏，既可赞叹贵屏的巧夺天工，也可玩赏素屏的自然天成。

时过境迁，再看当代，屏风于国人的家庭生活，已不像古代那样举足轻重。但如果家里有一扇屏风，不论是不丹不青的素屏还是淡烟流水的画屏都行，它安静地往那一立，氛围立马还是不一样起来，比如现在，我在大夏天里搬回了这架素屏，可不就是"素屏纹簟彻轻纱，睡起冰盘自削瓜"的情境吗？

## 大暑后,腐草化为萤

大暑这日下雨,淅淅沥沥,从下午延宕至黄昏。《清嘉录》中有个说法,认为农历六月初三黄昏如果有雨,接下来便会日日都有雨,称为"黄昏阵"。初三落雨夜夜阵,名字还挺好听的。就是不可信,连着大暑也没了大暑的样子。今年什么都乱了。

大暑一过,就意味着长夏真的要到尾声了。这一年还能不能好了,上半年一场疫情,下半年又是落雨洪水。几乎都没怎么感受到夏天的炎热,早秋的微凉就又来了。今年不同以往,对于将要到来的节候有不明不断的忧虑。压下去,还是说点明亮的吧。

一直期盼能在夏日再见到的飞虫,今年还是没有再来。年年盼望,年年落空,只能任它同渐渐模糊的童年一起走远。其实它也未必全然销声匿迹,在远离喧嚣的乡村夏夜,或许还会从草泽间不时飞出来吧?甚至城市里或许也还有,只是与刺眼的明光相比，它那点点微光太柔弱了，以至轻易就会被覆盖了。

它是萤火虫。大暑三候，初候就是"腐草为萤"。萤火虫喜欢潮湿的环境，因此常选择在夏天的水边或植被茂盛的地方产卵，幼虫生长蜕变后并不能直接成虫，而是在温暖的初春入土化蛹，夏末才出现在干净湿润的草泽边。这样的过程很难被人发觉，所以很久以前的人们便以为萤火虫是由夏末的腐草变化而成的。

这当然是个美丽的误会。但在古老的中国，萤火虫化草而来，又入土而去的说法很容易让人信服，大千世界，什么不是尘尘土土，年复一年。南宋女诗人朱淑真有《夏萤》诗："熠熠迎宵上，林间点点光。初疑星错落，浑讶火荧煌。著雨藏花坞，随风入画堂。儿童竞追扑，照字集书囊。"就是夏日里家常的风景。随着夜色一重重暗下去，隐匿的流光就一点点飘散出来，起起落落，明明灭灭。南朝梁简文帝萧纲也有咏萤的诗句："腾空类星陨，拂树若生花。屏疑神火照，帘似夜珠明。"繁星陨，树生花，神火照，夜珠明，美得甚至有些夸张。

小时候每到夏夜，人们也不待在屋子里吹风，一家家都坐在院子里乘凉。我至今忘不掉那个场景，空旷的大院子里，小小的我侧伏在姥姥的腿上，老人家一手拿着把草扇摇啊摇，一边轻轻地抚摸我的头发。姥姥当了一辈子语文教师，所以常会像教她的学生一样，念些诗句给我听。童年的那种老房子晚上光线都暗，衬得庭院上头笼着的星空就特别亮，盯着看的时间长了眼睛都会花掉。姥姥就停下抚摸的手，指着星星给我念《诗经》里的句子——"嘒彼小星，三五在东。"——天上哪里只有三五颗星星了？还没来得及发问，就见萤火虫不知从哪儿悄悄地飞出来，离我们这样近。姥姥就又指着这些客人说，"町疃鹿场，熠耀宵行"。

一句也听不懂……何况我哪有耐心听完那些啰唆。追逐流动的事物是孩子的本能，何况那流动还有光芒。我既不想造作地狡辩那是要学习"车胤囊萤读书"的典故，也想不矫情地装腔说那是要体会"轻罗小扇扑流萤"的意境，那时的我就一个念头，要把那抹流光捏在手中玩个够。

"扑萤"是古代的一件乐事。《隋本纪》中记载了隋炀帝赏玩萤火事。"壬午，上于景华宫征求萤火，得数斛，夜出游山，放之，光遍岩谷。"隋炀帝是享乐专家，他有这种闲情逸致一点不让人稀奇。数斛萤火虫，怕也有成百上千只，它们星星点点地照亮山谷的场景，凭谁见了，应该都不会不喜欢吧。

其实论外观，萤火虫算不上是美丽的昆虫。但因为它夜间发光的特殊本领，在人们心中一直有很特殊的地位。《汉纪》中还记载过这样一件事，东汉末年，董卓篡政，时局混乱，在一次变乱中，当时的小皇帝汉少帝和他的弟弟陈留王被黄门叛党劫出宫门。随着随行臣子叛逃的叛逃，自杀的自杀，年仅十四岁的少帝和九岁的陈留王在黑暗中不知所往。正当两个孩子恐惧困顿之时，却突然看见点点萤火飞舞。像抓到了唯一的浮木，两个孩子跟着这些萤火虫的光向南走了数里，最终才被搭救送回。

唐代骆宾王有《萤火赋》，说萤火虫"乍灭乍兴，或聚或散。居无定所，习无常玩。曳影周流，飘光凌乱"，自由不受约束。而这种"处幽不昧，居照斯晦"的昆虫，如果真的给它们拟人化的性格，那肯定是十分骄傲的。这从它对环境的极高要求就能看出来，不能有水污染，不能有土污染，更加不能有光污染。所以，就算再如何怀念，它们如今也不会再频繁地出现了。

白秋

霜　菊花　中元　梧桐　石榴　秋分　明镜　凉　月夕　衾枕　银杏　白露　蟹露

## 秋至洞庭

更年轻的时候,狠狠迷恋过一些孤独的路途。去深山寻古树,在悬崖边看云海,去海岛上等日出,去湖深处觅草泽……总之那种极致的孤清和自由,但凡感受过就再难忘却。也曾幼稚地幻想,如果有机会,自己可以在路上一辈子。

幻想当然只能是幻想。入秋后天气多变,女儿莫名发烧反反复复,没当妈妈时怎么都设想不到的心急如焚,如今一一体验。在抱她去医院打针,化身人肉沙发花样摇晃只盼她能舒服一点,在打饭喂药鸡飞蛋打攻坚战,陪读陪玩陪看动画片,帮她跟姥姥姥爷斗智斗勇,偷偷喂她小零食,彻夜不眠物理降温,变身网络十万个为什么的间隙里,想起少年时种种关于漂泊的梦,突然发现,可能这一生真的再不会有那样的时刻了。怀里这小小的一团,看着那么弱小那么软,却是最坚固最蛮不讲理的锁,把你跟现实牵绊得这样深。然而却心甘情愿。

但毕竟有过那样的时刻，可堪回想。印象里最后一次，独自一个人，秋至洞庭湖。"袅袅兮秋风，洞庭波兮木叶下。"当年初读的时候就知道，总会在一个秋天亲眼见到。心愿得偿。

听湖边的居民说，近几十年来湖面又缩小了不少，加上正值枯水期，部分湖水退守成草泽，君山都成了半岛。现代城市建设没有边界，只要想，似乎无处不可延伸。可是有时太匆忙地落下坚实建筑，就算后面后悔，一时也无可奈何。好在只要心中的图景足够清晰，所向往的——秋水无烟，水尽连天，锦鳞沙鸥，岸芷汀兰，悲风过客，渔舟唱晚，湘妃竹泪，人不见，数峰青，都在。

曾走过许多湖泊，虽然大底子看起来都是山光水色，岸却各有不同。洞庭湖挂在心里惦记了好久。这回一个人前来，亲身陪伴过它的朝夕，踏足过它覆盖过的土地，从此再在书中遇见，便是旧时相识。

中国的先民觉得，神以命名创造万物，世间万物一旦有了各自特定的名字，便从此有了生命的不同。名山胜水的名字在流传之中，总会经过诸多演变，洞庭也不例外。长期以来，洞庭一直与云梦、青草甚至彭蠡（太湖）相互牵涉，时分时合。

在更远的古代，洞庭湖曾被称为云梦泽，杜甫诗里的"气蒸云梦泽"，指的就是它，而早一些的典籍，比如《尔雅》《周礼》，用的也都是这个名字。云梦泽或得名于古荆州府云梦县，"云梦县南皆大泽",自此得名。杜预《春秋经传集解》定名,《禹贡》中记载它曾地跨长江两岸八九百里,覆盖华容、江夏、安陆等地,古籍中或许描述的并不是百分百严谨,但此湖当年的浩瀚,可见一斑。

范仲淹《岳阳楼记》中,曾以"衔远山,吞长江,浩浩汤汤,横无际涯",来形容洞庭当年的盛况,这个湖泊汇合了沅、渐、元、辰、叙、酉、澧、资、湘九水,为"沅澧之交、潇湘之源、九江之口",融合成非凡的气象。辽阔的湖水不仅使这里拥有物种齐备的生态环境,也为后来以楚文化为代表的洞庭文化的发生提供了温床。尤其到清中期道光年间,洞庭湖扩展至鼎盛时期,《洞庭湖志》记载它当时的范围:"东北属巴陵,西北跨华容、石首、安乡,西连武陵、龙阳、沅江,南带益阳而环湘阴,凡四府一州,界分九邑,横亘八九百里,日月若出没其中。"如今我们其实已看不到当年烟波浩渺的景象了,但"洞庭"二字延续千年的浩瀚印象,早已深入人心。近一百年,因为一些历史原因和人为因素,湖水日渐萎缩,枯水时节,甚至连君山都会被称为半岛,湖水蔓延的面积,也还不到它最盛时的一半。

从小听洞庭之名,就感觉它神秘莫测,想象着湖水深处的君山岛上,有跳脱的红鲤鱼精、善鼓琴瑟的神女,被幽居在湖水深处的小龙,和无数陆地上想象不到的秘密。此时终于到达,精灵神仙自然寻不到,却发现君山湖心岛的位置也很奇妙,站在岳阳楼上眺望，想象当年古人面对这白银盘里一青螺的感觉了，明明近在眼前，可又分明望而不及。"帝子降兮北渚，目眇眇兮愁予。袅袅兮秋风，洞庭波兮木叶下。"屈原《九歌》里的湘夫人，一代代的中国读书人从开蒙起就见到它，或许也自长辈乡邻的口口相传中听到它，初见时秋风萧瑟，烟波浩渺，仙气缭绕，比起真实存在的一个风景去处，它似乎更适合作为超脱尘世的一个向往，或者俗世中人的一个寄托，好让人在那么一些当下，抽离出俗世琐细的生活。于是，这种虚实相应的搭配，让洞庭湖反倒比其他虚无缥缈的异境更引人向往。

云梦泽的易名是源于君山，此处被古人视作神仙居所，这从它的名称上便可读出。君山原名洞庭山，是湖中凸起的一座小岛，岛上又有小山十二座，状如螺髻。《山海经》中记载：

> 又东南一百二十里，曰洞庭之山，其上多黄金，其下多银、铁，其木多柤、梨、橘、櫾，其草多葌、蘪芜、芍药、芎藭。帝之二女居之，是常游于江渊。澧沅之风，交潇湘之渊，是在九江之间，出入必以飘风暴雨。是多怪神，状如人而载蛇，左右手操蛇。多怪鸟。[1]

---

[1]《山海经·东山经·中次十二经》。

相传当日尧帝的两个女儿——娥皇女英双双嫁给舜帝,被称作潇湘妃子,她们与舜分离后,在君山听闻舜死于苍梧,点点热泪落下,将竹子染得斑驳。从此,湘妃的传说在中国流传,又加上云梦泽、湘妃墓与湘妃竹从旁加持,更添灵异。洞庭山的名声越来越大,后来又融合了湖广一代人们的水神信仰,人们便把洞庭山的名字给了云梦泽,传说中娥皇女英死后葬于洞庭山,因为民间也把二妃称作湘君,所以洞庭山从此便被称作君山,从此以后,人们"未到江南先一笑,洞庭湖上对君山",一湖一山,自此广为流传。

如今的君山岛已被开发成景区,盛水期有供游船停靠的码头,枯水期也能将游人送到小滩涂边好徒步上去。因为春时湖水还是会漫上来,滩涂边仍是一派放任不管的天然样子,明晃晃地摊在那儿。三三两两的渔船也是一样散落在四周,自顾自地作业。岛上修建了洞庭庙和湘妃祠,是在其他地方常见的样子,祠边斑竹掩映,竹林深处有湘妃墓,看碑文,光绪年间的两江总督彭玉麟重修的,虽然是源于神话,但陵墓的氛围还是做得很足,不过身在其境,却只觉得一种森森细细的美,幽而不阴。

离开君山岛前,在岛上喝了一杯银针。君山银针如今哪里都有,其实也未必喝的出什么不同,但既到一地,总要亲自尝到这一方水土养育出的草木味道,才算真正"到此一游"。君山银针自唐代起就是名茶,挑出明前品相好的,热水冲泡后,放上片刻,就见根根茶针缓缓立起,部分浮于水面,部分缓缓下沉,渐渐分化成上下双层,每层都如千峰竖立。这杯中情态实在有趣,想着古往今来洞庭之外的人,品着这产自世外仙山的微苦清润,看着杯中的千峰翠绿,即便身处繁华尘世,也会觉得与化外缥缈之地有了些许关联。

站在君山相对高些的坡地上,可以看见岳阳城中的高楼。现代人在城市中,每天见高楼掩映已经习以为常,实用性当然非常足够,但如果从视觉上看,现代的中国城市建筑在这山光水色间总是有些违和,总觉得它缺少了什么,比方说如果有一个大大的庑殿顶,顺着周遭这地、这山、这湖水缓缓荡漾开,是不是就可以同背后的青山呼应了?说笑了,但我们欣赏一座山,一泊水,却总是很难绕过它所滋养的这座城,连同它的建筑。民族认同感,不只立于字纸之间,目之所及之处,潜移默化的美感养成同样重要,而最显性的城市建筑,当然会在一方面显示出一座城的气泽。只可惜,审美的失落容易,接续却难,非一代之功。

"巴陵胜状,在洞庭一湖",而观览洞庭胜状的,则也应在巴陵之郡。洞庭湖东靠岳阳城,岳阳城边有岳阳楼。岳阳楼应该感谢滕子京。不管历史对他有怎样的争议,也不管他在知州岳阳短短的三年里,是否真的做到了政通人和,百废俱兴。看看他选来为自己的建业写序的范仲淹,时人称其"每感激论天下事,奋不顾身"。慷慨激昂,再没有更合适的人。果然,"不以物喜,不以己悲""先天下之忧而忧，后天下之乐而乐"，裹挟着岳阳楼一起，天下闻名。当时他还打算修建偃虹堤，同时也请欧阳修作了《偃虹堤记》，文已成，堤却没来得及开工，人就调任了。

"窃以为天下郡国，非有山水环异者不为胜，山水非有楼观登览者不为显，楼观非有文字称记者不为久，文字非出于雄才巨卿者不成著。"他在《与范经略求记书》中这样阐明自己的意图。很聪明，也有见地，后来楼观显，名声久，文章著，从千百年后看，他成全了自己的初衷。

他到岳阳后，还作了一阕《临江仙》：

湖水连天天连水，秋来分外澄清。君山自是小蓬瀛，气蒸云梦泽，波撼岳阳城。帝子有灵能鼓瑟，凄然依旧伤情。微闻兰芝动芳馨，曲终人不见，江上数峰青。

集句而已，大都不是他的原创。但他很懂这座城，知道它将青史留名之处会是什么，自己又将如何给他助益。于是他修楼增制，建文庙兴教化，又拟筑水堤防水患，都是实事。能像这样懂得并欣赏自己管辖的城池的官员并不多。他在庆历四五年建楼，庆历七年（1047）就调任苏州，不久卒于任所，时年五十八。他从未享受过这座他成全的城与楼。

范仲淹其实也没有。《岳阳楼记》是他照着滕子京寄给他的《洞

清·龚贤《岳阳楼图轴》

在我所见过的描绘洞庭湖的画作中，这一幅最接近我亲眼所见的洞庭湖风光。古之云梦，后来的洞庭，南洞庭的青草湖，还有与今日划分湘鄂两省的洞庭，当然，几者从地缘上看肯定有联系，但千年间沧海桑田，水与陆交替变换，水与水彼此吞噬交融，岸上居民的生活习俗与文化样貌也都在随着历史不断变迁。现代社会里的人讲求生活在当下，在具体而微的种种实现，而洞庭湖所象征的则关于远方，关于过去中有美依附的所在，是一种沉潜千年、烟水苍茫的企望。

庭秋晚图》写的。所以"气象万千"是没错,"朝晖夕阴"却不对。我特意守在岳阳楼下,买了两次票,赶最早和最晚分别登了楼。岳阳楼址古今在西门城楼上,看不到朝阳,清晨天空中只有明亮的苍青色,傍晚却夕阴无限好,俨然该是"朝阴夕晖"才对。

洞庭湖南是青草湖。《荆州记》里说它:"巴陵南有青草湖,周回百里,日月出没其中,湖南有青草山,因以为名。"方志总是尽可能记载得详尽。小时候读到诗人唐温如《题龙阳县青草湖》的小诗:"西风吹老洞庭波,一夜湘君白发多。醉后不知天在水,满船清梦压星河。"意境纯美,在天水合一的静谧里,当下与古老的想象中,真实和虚幻的氤氲处,有人痴痴望着洞庭湖。诗和湖一起,都喜欢了很多年。

青草与洞庭,水丰时合为一体,潦则波浪滔天,涸则青草丰茂,古书中一直是这么说。隔了这么久的岁月,总觉得书中这一切应该早就不存了。不料近年身临其境,发现湖水褪去,竟真留下一片斑斑驳驳的草泽。洞庭犹在目,青草续为名,那一刻心里很激动,其实无非就是水和草而已,却觉得得到了一整个时空。

## 秋夕

七夕的这一晚,我又想起姥姥。这个属于中国情人的节日,在很多年前,都是她陪着我过的。虽然那时候我还是个小女孩,牛郎织女的传说对于我来说只是遥远的神话。姥姥说七月七日也是女孩子的乞巧节,在这一天,作为女孩子的我可以得到很多她亲手做的小礼物,小花布袋子、小沙包、草叶串串等。这绝对是表哥他们没有的福利。再加上姥姥的巧手,令我年年的期望都转变成为惊喜。于是,"乞巧"这个词,曾被我误认为代表着期盼巧手长辈的赐予。

长大后才知道不是这样的。唐代诗人林杰有一首叫《乞巧》的绝句:"七夕今宵看碧霄,牵牛织女渡河桥。家家乞巧望秋月,穿尽红丝几万条。"原来,乞巧并不是小女孩的小盼望,而是古时候家家户户的女儿们在七夕这一天的仪式。乞巧也不是向长辈乞，而是向天上的织女。在神话传说中，织女又叫"天孙"，是天帝的孙女，掌管丝织巧手等跟古代妇女息息相关的事项，是女子心中地位极高的女神。明代宋应星在《天工开物》中说："天孙机杼，传巧人间。从本质而见花，因绣濯而得锦。"在古籍的描述中，是说人间巧妙的纺织技术，是自天上的织女那儿传下来的。人们用织布机，把原料纺成带有花纹的布匹，然后又经过刺绣、染色等种种程序变成华美的锦缎。织机织女遍布天下，但真正见识过花机巧妙的却没有多少。而物以稀为贵，因而更要祈求。

七在传统中一直被认为是个很吉祥的数字。《汉书》和《礼记》里都能看见"七者，天地四时人之始也"的记载，而七月七日占了两个七，更是吉祥叠着吉祥，于是姑娘们选这一天向上天乞巧。东晋葛洪的《西京杂记》中说："汉彩女常以七月七日穿七孔针于开襟楼。"彩女就是汉宫宫女，在汉代的宫廷中，乞巧的风俗就已经开始流行。

五代王仁裕的《开元天宝遗事》中记载了唐玄宗时的七夕："七夕，宫中以锦结成楼殿，高百尺，上可以胜数十人，陈以瓜果酒炙，设坐具，以祀牛女二星……动清商之曲，宴乐达旦。士民之家皆效之。"宫里用锦绣结成楼宇，民间效仿宫中欢宴达旦，都以祭祀牵牛织女星为名。

在那样热闹的环境里，女人们该怎么安下心来乞巧呢？不过她们却偏偏能做到——"妃嫔各以九孔针五色线向月穿之，过者为得巧之侯。"五色线并不是染成五色的一根线，而是用五种颜色的线拧成的一根。这真是考验实力的"乞"法，能过的人肯定本身就眼够尖手够巧，就算她"得巧"后真做出什么出众的巧活，也只是刚好对应吧？

但是妃嫔贵妇大多养尊处优，偶尔拿起针线更多也只是个消遣，宫女们才是当时宫中干活的主流。"时宫女辈陈瓜花酒馔列于庭中，求恩于牵牛、织女星也。又各捉蜘蛛闭于小合（盒）中，至晓开，视蛛网稀密，以为得巧之侯；密者言巧多，稀者言巧少。"除了陈列花酒外，"喜蛛乞巧"也流传千年，这更多像是赌运的游戏，小盒子一封，任蜘蛛在其中结网，谁盒中的网最密实最漂亮，谁就算得了巧了。

七夕的这场盛会，宫中如此盛行，民间当然要效仿。北宋孟元老的《东京梦华录》描述了京城繁盛时七夕的盛况。"七夕前三五日，车马盈市，罗绮满街。"七夕还没到，百姓们就倾城出动购买乞巧物资了。而"至初六日七日晚，贵家多结彩楼于庭，谓之'乞巧楼'。铺陈磨喝乐、花瓜、酒炙、笔砚、针线，或儿童裁诗，女郎呈巧，焚香列拜，谓之'乞巧'"。如此倾城出动的盛况，在今天这样多元化的时代，就连最隆重的春节也无法相比。而这种浪漫的节日，如今却只能将对它的想象安置在土木搭建、车如流水马如龙的古城中，现代都市如果真上演这么一幕，是会让人奇怪的。

顺带捎段插曲。照理说，七夕乞巧该是妇女们的专属活动。但古代男子也有要来凑热闹的。唐代柳宗元有《乞巧文》，里面写了这么个七夕夜，那天他自外晚归，看见女仆在庭中乞巧，好让自己"手目开利"。然后他联想到自己，觉得自己也有大拙，所谓"智所不化，医所不攻，威不能迁，宽不能容"，所以一番剖心，直陈自己作为"拙人"所遭遇的不堪，明面上是祈求天孙也能赐给自己那一番巧劲儿，暗里却直道对世上蝇营狗苟的"巧夫"们的不屑。

这些男性文人，有什么话不直接说，拐弯子还拐到了闺阁中的节日上来，简直自讨苦吃。于是后半夜，柳宗元就被天孙派来的使者狠狠骂了一顿。"女（汝）之所欲，汝自可期。胡不为之，而诳我为。汝唯知耻，谄貌淫辞。宁辱不贵，自适其宜。中心已定，胡妄而祈。坚汝之心，密汝所持。"意思就是，你所列的诸般"巧"，其实都不是你想要的吧！坚持自己认为对的就可以了，为什么故意说这些话要来诓骗我呢？"凡吾所有，不敢汝施。"天孙有的都不敢给他，叫他持守自己的就好。姑娘们乞巧都是希望能得巧，但是这位柳先生却是乞巧而巴不得不得巧，宁可"抱拙终身"，至死不渝。这当然只是作者的一种写法，真实的情况不会这样的，但依然给这个节日添了几分不同的味道。

姥姥去世后，乞巧节于我渐渐就变成了一个书里的印象。可就算古人乞巧乞得再多么热闹,现在也都看不到了。但其实存着一个节日作念想也不是不好,如今女孩子们到了七夕,大小也都还能收获些其他的惊喜的。尽管这和当年收到姥姥做的那些小玩意时的感觉,总是不一样的。

## 中元,思故人

"忆长安,七月时,槐花点散罘罳(古代设在屋檐和窗上以防鸟雀的网状物)。七夕针楼竞出,中元香供初移。绣毂金鞍无限,游人处处归迟。"这是唐代诗人陈元初在词作中描绘出的唐长安城七月的繁华。家家乞巧的七夕刚一过,转眼就到了家家香供的中元节。这些都是古代全民活动,因此免不了全城出动,处处归迟。

农历七月十五是中元节,在民间又被称为"鬼节"。这节日在今天虽不大见气候了,但它没落的时间并不算久,就在五六十年前,它依然是十分重要的民间活动。现代作家萧红的《呼兰河传》中还有她关于这个节日的记忆,"七月十五是个鬼节""这一天若是有个死鬼托着一盏河灯,就得托生"。在传统的认识里,"鬼节"这一天,阴曹地府会放出所有鬼魂,于是这一天就成为人们最重要的祭祀节日之一。明代刘侗的《帝京景物略》中写明代中元节,"上坟如清明时，或制小袋以往，祭甫讫，辄于墓次掏促织。满袋则喜，秋竿肩之以归"，清代也有"中元佳节，千红万紫，九日巡游"的场景，那时的中元和清明一样，人们会在祭祀祖先的同时也出去赏玩一番。

放河灯是中元节最重要的习俗。灯这个意象在中国传统节日中很常见，灯火有光，能够带来希望。人们在一年之中挑出些特别的日子，再用张灯结彩的喜悦来和种种美好的愿景匹配。上元节（元宵节）和中元节人们都会张灯来庆祝节日，但元宵节是人的节日，中元节是鬼的节日，两者阴阳有别，所以放灯的场所也不一样。一个是在人们生活的陆地上，一个则是在相对神秘的水里。水流无边无际，似乎没有源头也不知去路，人们想象它能连通昏暗的地狱。地狱里的鬼魂找不到方向，一盏河灯就能让它们找到回家或者进入轮回的路。因此，在鬼节放河灯，是活着的人对逝去的人的怀念。

节日的气息总是比节日先来，从过去到现在。《东京梦华录》中北宋的中元节前，"先数日，市井卖冥器靴鞋、幞头帽子、金犀假带、五彩衣服，以纸糊架子盘游出卖"。七月十五的数日前是七夕，当时耳聪目明的商家，恐怕还没把罗绮针线之类的乞巧用具收进库房，就急忙要将这些中元冥器摆上台面了。还有像祭祀时铺在桌上的"练叶"，系在桌子脚上象征着秋收的"麻谷窠儿"，还有供奉给祖先们的各色素食。中元节在佛教中又被称为

"盂兰盆节",这一天佛教徒会举行盂兰盆法会,供奉佛祖和僧人。集市上也会印卖一些佛经,还要把竹竿折成高三五尺的架子,然后在上面织出灯窝的形状,然后将一些祭祀用的衣服冥钱之类放到上面焚烧,这就是"盂兰盆"。古人把每一个重要节日都经营得很讲究,就是所谓"鬼节"也是不能将就的,形式上要有声有色,其他的内涵也会兼顾。

古人给鬼过节,很大程度上因为相信鬼神的存在。尽管现代社会已经破除了封建迷信,但在自然科学并不发达的年月里,神鬼观念影响了中国人几千年,历代都有人写神异志怪的作品。《论语》中说"子不语怪、力、乱、神",儒家是相信有鬼却不主张追求的。孔子曾教导自己的弟子要坚定人道,远离鬼神,认为如果心中无正道而要去崇敬鬼神,就会被鬼神所制。世人因一时不察,被鬼迷心窍的故事并不少见,大家熟悉的像干宝《搜神记》和蒲松龄《聊斋志异》里都有许多。人们有时会对鬼神心存期许,有时也会对鬼神心存恐惧。鬼有时只是人世间的一种折射,但有时也会牵制世态人情。

不过,就像传说中七月半鬼魂会被重新放回人间一样,古代神怪作品中,人和鬼之间的交流有时也会显得平常。晋代荀氏《灵鬼志》中,就记载了竹林七贤之一嵇康的遇鬼经历。有一次他在灯下弹琴,有一只"长丈余"鬼前来,嵇康不仅无惧,还呼地一下吹灭灯火道:"耻与魑魅争光!"这种傲气和胆魄不是人人都有的，只有嵇康这种一身正气的硬骨头才可能做得到。但文中的嵇康也不是对所有鬼都这样，又有一次，他也是在夜里弹琴，忽听有鬼称好的声音。原来是被埋于此处的一只鬼，因为生前也爱琴，所以听到嵇康的琴音，"不觉心开神悟，恍若暂生"。本来想出来相见，但是人鬼殊途，形体又毁，于是不愿现身。倒是嵇康安慰他一番"形骸之间，复何足计"，这只鬼这才出来，与嵇康相谈甚欢之下，教给他那支千古名曲《广陵散》。这一人一鬼的分离最有意思，"相与虽一遇于今夕，可以远同千载，于此长绝，不胜怅然"。竟是人鬼之间的知音之叹。

这当然是作者的想象，但在一些人的心中，鬼与人之间的界限并不是那么清晰。鬼曾经也是人，人终有一天也会变成鬼，而要是有奇遇，鬼有时还能起死回生再度成人。凡此种种，和专为招魂祭祀而设的中元鬼节，既宽慰了人们对往日失去的遗憾，也是对前路未知的惶惑的消解。

## 秋气潇潇

"处,止也,暑气至此而止矣。"《月令七十二候集解》这样说。炽盛的夏天并不会在立秋后戛然而止,人们将入秋后那段持续的炎热称作"秋老虎"。而这只老虎并不会蹦跶太久,到了处暑,暑气便正式要收起来,一早一晚,人们会开始觉得有凉意,天地之间秋气悄生。

"气"是中国古代哲学最早产生的概念,在《说文》中通"原",意为"开始",意思是气原本是天地万物的本源。后来经过历朝演变,它又从哲学延伸出去,中医、风水、围棋甚至节气里面都有了"气"的概念。"气"被认为是中国人维持生命的基本能量,人生于四季中,身不由己地会受到四季之气的感染。

中国人认为春有春息,秋有秋气,《吕氏春秋》中说"春气至,则草木产,秋气至,则草木落",这是拿最直观的草木做比，证明两者呈现的状态截然不同。清人张潮说，"春者，天之本怀；秋者，天之别调"，这是生活在春秋中的人对春秋的印象。春天草木萌发，万物盎然，是原始的生命之气该有的样子，撩动的是人的盼望；而秋天作为"别调"，"袅袅兮秋风，洞庭波兮木叶下"的情状，牵动的是人的沉思。

中国古代文学中历来有"春女思，秋士悲"的传统，直观意思是人们多于春日荡漾思情，多于秋日慷慨悲歌。对于这个，相信不少人都读过相关的诗文。小时候读《西游记》，其中有这么一段："春风荡荡，秋气潇潇。春风荡荡过园林，千花摆动；秋气潇潇来径苑，万叶飘摇。"当年将它作为好词好句抄录，但过了十多年再看，却觉得这"荡荡""潇潇"二字实在贴切。"风雨潇潇，江山落落，死又还生春复秋"，这一番秋气，可不是"潇潇"么？

相比起人，或许物候对这"潇潇"秋气的反应更加直接。处暑过后，三个物候现象相继出现。《月令集》中说："一候鹰乃祭鸟，二候天地始肃，三候禾乃登"，都是自然界对季节转换的反应。秋在五行中属金，所以古人们认为秋气肃杀，老鹰受到这股气泽的影响开始捕猎，"祭鸟"是指老鹰在杀鸟之后并不立刻吃，而是"陈之若祭"，就像人们祭祀祖先一样。而比起春蓬勃而起，夏繁盛相承，到了秋，恰好是处在一个"转"的时候，"天地始肃秋者，阴之始"，所以叫天地始肃。加之秋气又烈，在这样的气泽下,"过盛之物当杀",自春夏储蓄够能量的五谷到了此时,也势必要落下。"夫秋,刑官也,于时为阴;又兵象也,于行用金,是谓天地之义气,常以肃杀而为心。"古代以五行阴阳来划分秋"阴"和"金"的属性,所以古时往往选"秋气至"时或动兵,或行极刑,都是因这么个缘故。

既然是这么肃杀的烈气,自然该有与之相衬的声音。古今描写秋声的诗文,以宋代欧阳修《秋声赋》独绝。"初淅沥以萧飒,忽奔腾而砰湃,如波涛夜惊,风雨骤至。其触于物也,鏦鏦铮铮,金铁皆鸣;又如赴敌之兵,衔枚疾走,不闻号令,但闻人马之行声。"很酣畅的文字,眼下处暑刚过,秋气虽生却未到盛时,夏日丰草繁茂、佳木葱茏的余韵还没有来得及改变。不过看预报说马上要下雨,一层秋雨一层凉,秋气肯定会跟着一层层地笼上来。那时秋气搅动天地,成风化雨落下,或如波涛奔腾,或如金铁齐鸣,虽同样激烈,但和盛夏浓郁的生机绝对截然不同。

正因秋"其气栗冽,砭人肌骨",所以秋声才"凄凄切切,呼号愤发""草拂之而色变,木遭之而叶脱",这是不久后势必到来的景致。虽然有些零落,但这衰败里头有股子说不上的力量,这力量很霸道,仿佛就连酷烈"暑"至此止步,不敢向前。天地间该有这一年一度的大洗礼,人也不由自主地又一次生出向往来。

## 已讶衾枕冷

连雨不知夏去,直到昨晚睡觉突然被冻醒,才发现空调被竟已经不够盖了。"已讶衾枕冷",不知道有多少人对时节交替的意识,是在这样的时刻被触发的。要完成这样的任务,须得是切肤之物,也就是生活中最亲密的物件才行。被子当之无愧,人们一年中的大多数夜晚都离不了它,冷了就裹它,热了就踹它,完全发于感官,是人们一生中最常做的动作里最真实的一种。

正是因为它与人的生活实在太近了,所以我在之前甚至很少专门留意过这个物件在生活之外的痕迹,更不要说像其他器物般探究它的渊源。它是从先民们晚上知道冷的那一刻就有了吧。它流传到如今的形制、材质发生过什么变化?这当然取决于不同时代的生产力,或许草木枝干、野兽皮毛等都曾代替棉布扮演过这个角色。那《说文》和《释名》或其他典籍中是否曾提及它相对早先的存在？还真是有的，被子在古代除了被称为"被"之外，还有一个更常见的名字——"衾"。

《释名》中分别这样解释它们："被，被也，被覆人也；衾，广也，其下广大如广受人也。"把被视作一种覆盖物，这倒很符合被子的样貌和用途；《说文》对"衾"的解释和此处的也相和，"大被也"，要大到能"广受人"，才能得到这个名字。衾被当今夜夜陪伴着我们，就如同千年前陪伴我们的祖先一样。先民们在《诗经·葛生》中唱道："角枕粲兮，锦衾烂兮。"这是夜夜与他们同眠以待朝日之物，从某种程度上无异于第二伴侣，是不能割舍的。但也有不得不割舍的时候，《诗经·小星》中说："肃肃宵征，抱衾与裯。""裯"是和衾一样的卧具，指的是被单和床帐，而这里的"抱"则是抛弃的意思，为什么要抛弃这些呢？因为主人公夜不能寐，"肃肃宵征"。但这并不是要说明这些器物是可弃的，相反，诗里要借主人公"抱衾与裯"这种典型的反常行为，来凸显下层人民的痛苦。

从古到今，不知有多少人的不眠之夜，都是抱着衾枕度过的。长夜寂静，人们心里的思绪难免缥缈，相比之下，眼前的衾枕倒显得切实可感。晋代张华写他笔下的夜晚，"重衾无暖气""轻衾覆空床"，这一重一轻，一暖一空之间，折射出的都是士子的内心世界。还有杜甫写他那座快被秋风所破的茅屋中的床铺："布衾多年冷似铁，娇儿恶卧踏里裂。"布衾似铁，被面破裂，这床上的场面触目惊心，贴身之物都如此，其他状况可想而知。但这样的状况令人读来痛心，但好在也并不是太普及，更多的文人，还是在岁时的交替间感受到衾被给自身带来的变化。"旦夕天气爽，风飘叶渐轻。星繁河汉白，露逼衾枕清。"从这些触感中，文人们感受到时节的交替和光阴的流逝。

但在古代，男人们的天地广阔，并不会过多地流连在内苑之中，闺阁后苑，风帘绣幕，更多还是女子的世界。"胡为守空闺，孤眠愁锦衾。锦衾与罗帏，缠绵会有时。"李白的《相逢行》中，描摹出古代闺怨诗中常见的独守空闺的女子的形象。闺阁生活几乎是古代女子生活的绝大部分，于是，锦衾与罗帏，便成为能够最常陪伴在她们身边的伙伴。少女时代伤春悲秋，有"罗衾不奈秋风力，残漏声催秋雨急"；新婚出嫁时，有"文采双鸳鸯，裁为合欢被，著以长相思，缘以结不解"；丈夫远行独守空闺时，有"烟锁凤楼无限事，茫茫，鸾镜鸳衾两断肠""鸳鸯瓦冷霜华重，翡翠衾寒谁与共"。罗衾、合欢被、鸳鸯衾、翡翠衾，都是绵丽吉祥的意象，有些在今天的婚俗中依然使用着。

被子是能令人抵御严寒的用具，但看诗文中留下的种种信息，除去温暖，它也寄寓着不同程度的萧索和凄清。因为这是人们留下的信息。人的感情是最复杂的，有时候人心明明趋暖，但却仍免不了朝冰冷而去，而这种冷，则是被子也阻挡不了的。

## 明·唐寅《秋风纨扇图》

这幅仕女图充分显示出唐伯虎驾驭水墨写意方面的才能。画面中手握纨扇的女子，于秋风渐起之时，徘徊于庭院之中。扇子是画面中的点睛之物，连同萧瑟的秋景，及女子脸上的愁绪，寄寓着画里画外人物的心情，渲染出幽微惆怅的诗意。左上角唐寅题有一诗，诗云：「秋来纨扇合收藏，何事佳人重感伤。请把世情详细看，大都谁不逐炎凉！」点明了「秋扇见捐」的画意。

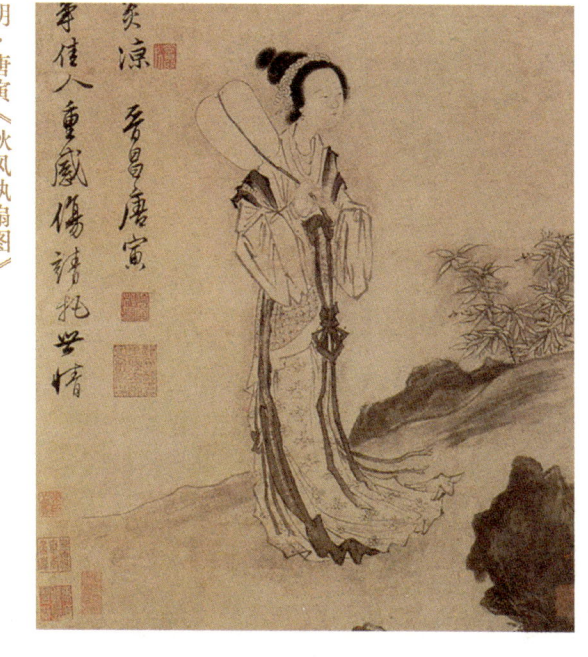

## 白露为霜

桂花落尽,接着又是秋雨。风露变换天地气息,凉意开始往皮肤下渗,但前段时间如影随形的焦灼最近却不明不白地消失了。也有一些起念,也有一些放弃,好像不再愿意像从前那样执着,界限也不那么分明。不知道跟这时节有没有关系。

《月令集》中写这个节气时言辞流丽:"八月节……阴气渐重,露凝而白也。"是说从这时起清晨植物上就可以看见凝露了,但因为其他季节也有露水,总要区别开。于是,古人用春夏秋冬四时分别与金木水火土五行的对应来为它们命名,秋属金,金色白,因此得名白露。

历史上大名鼎鼎的"左思风力"的主角左思就曾经留意过这个节气——"秋风何冽冽,白露为朝霜。柔条旦夕劲,绿叶日夜黄",露意已被染得很足。可是后来的白居易仍忙不迭地为这节气再补一笔："八月白露降，湖中水方老。旦夕秋风多，衰荷半倾倒。"这下算把处暑后残余下的那么点儿暑气驱得半点不剩了。也许是觉得这零星露水太过单薄，于是诗人们就拉别的意象来与它相衬。其中出镜率高的，当属秋天的风。宋代秦观写过一首叫《鹊桥仙》的词，很多人应该都知道，而里面最著名的一句正是："金风玉露一相逢，便胜却人间无数。""金风玉露"就是"秋风白露"，这里用它来比喻恋人间的相逢，毕竟只有白露赶上了早已等在这里的秋风，才能共同催产出一年中最好的时节。

风化而无形，难捕捉，但容易被人所感。尤其不同季节的风，给人的感觉截然不同。秦观"金风玉露一相逢"里"金风"并不只是秋风的一个比喻，而是古代沿袭下来的说法。《警世通言》里就提到过一年四季的风不同的名字："春天为和风，夏天为薰风，秋天为金风，冬天为朔风。和、薰、金、朔四样风配着四时。"秋风在古代被称作"金风"，这名字乍一听和秋天给人的印象很搭配，但它并不是完全来源于此。唐代学者李善曾在注点古籍时为"金风"下过这样一个注解："西方为秋而主金，故秋风曰金风也。"这是除了五行外，再次把四季与中国传统的四方概念联系起来，于是，金风也常被叫作"西风"。"西风吹老洞庭波，一夜湘君白发多"，古诗文中也常能见到这个词，很有摇曳的风致。

人的多愁善感最容易发生在季节的转换中，所以秋风很轻易就能撩动人们的心情。相传诗仙李白曾为秋风写词："秋风清，秋月明。落叶聚还散，寒鸦栖复惊。相思相见知何日？此时此夜难为情。"秋风吹起物候的异动，除了草木上坠落的露水，还有明月寒鸦落叶，似乎此时所有的意象都被西风囫囵着卷入人们的眼底心中。魏晋时佚名氏传下《子夜四时歌》，其中《秋歌》有这样的一首："秋风入窗里，罗帐起飘飏。仰头看明月，寄情千里光。"人们看见秋风起，于是思念远方的亲人，这是常情。

《世说新语》中有这样一则轶事，差不多也正发生在白露时节。"张季鹰辟齐王东曹掾，在洛见秋风起，因思吴中莼菜羹、鲈鱼脍，曰：'人生贵得适意尔，何能羁宦数千里以要名爵！'遂命驾便归。"张季鹰就是西晋文学家张翰，这个人才高孤傲，不喜拘束，时人将他比作竹林七贤之一的阮籍。据说当时他在洛阳做官，看到秋风吹起，想起家乡吴中的风物美食，便辞官归家，享受他向往的适意人生。

如果不看背景，单看他如此的恣意不羁，人们恐怕都会赞一句"真名士自风流"吧？其实，当时的晋王朝正赶上八王之乱，八王之一的齐王对他正有笼络之意，但张翰不愿卷入其中，"秋风起"恐怕只是他的一个借口，但这借口找得太有根基太合乎中国人的常情，所以他得以成功脱身，避开了一场浩劫。所以后来人们才说"因想季鹰当日事，归来未必为莼鲈"。

随着这则轶事一同留下来的还有张翰当时写下的那首《思吴江歌》："秋风起兮木叶飞，吴江水兮鲈正肥。三千里兮家未归，恨难禁兮仰天悲。"这诗写得调又高又看似实在，把远离复杂政治的潜愿，通过一场秋风转嫁在口腹之欲上，让人笑叹之余不得不理解他如此"正常"的需求，于是他这一番"思食之举"就成为千古谈资。古人送友归乡时常需要拉他出来做榜样，比如唐人郎士元送好友归吴时就宽慰友人说："看取庭芜白露新，劝君不用久风尘。秋来多见长安客，解爱鲈鱼能几人。"

但到底不是所有人都能这样潇洒的，北宋英豪诗人辛弃疾就在他的词作《水龙吟》中叹息："休说鲈鱼堪脍，尽西风，季鹰归未？"同样是秋风起兮的白露时节，但不同人的感觉就不一样。有人觉得是寒，有人则觉得是凉；有人觉得"萧瑟"，有人则觉得"舒旷"。

但不管人的感觉是怎样的，秋风兀自潇潇，白露后草木上凝结的露水也兀自一天天密起来。"白露凋花花不残，凉风吹叶叶初干"，天地间难得有这么温润的时刻。这几天不妨起早一些去外头吹吹风弹弹露，享受这"胜却人间无数"的好时节。

## 石榴的夏与秋

中秋到寒露,家里不曾断过石榴。即便它让味蕾有些甜腻,但过了这段时间,虽然也能吃到,总是不合时宜。在一贯的记忆里,石榴就是属于秋天的,它总和中秋的明月与团圆一起出现,缺少一位家人,团圆节便有缺憾,而桌案上若没有石榴,似乎也不算真的圆满。及至寒露,天地间开始萧瑟,石榴反倒格外灼灼起来,剥落一把赤红小晶珠,噙在口中轻轻一咬,一秋的丰沛一下子迸射出来。

石榴果是好果,石榴花是好花,石榴树是佳木。昔日江郎才尽之前,曾作《石榴颂》,热烈地颂扬这种树木:"美木艳树,谁望谁待?缥叶翠萼,红华绛采。焜烈泉石,芬披山海。奇丽不移,霜雪空改。"花朵灿烂,果实更令人惊喜,像是终将予人的珍宝,被包裹在斑驳的浑圆与谢后的微放间。石榴是一位火热活泼的美人。

中国并不是石榴的故乡。石榴又称"安石榴"，古籍中记载此名由来："（石榴）本出涂林安石国，汉张骞使西域，得其种以归，故名安石榴。"原来它是西域远客，是张骞万里迢迢地带它回来。好在它半点不娇气的，一点没有水土不服，又极好繁衍，种子落地便生根，折枝一插即活，几代之后，天下处处可见。

石榴在夏日开花，这时节繁盛，花色也明艳，容易让人联想起少女丹红的面颊，所以石榴也得了一个"丹若"的美名。"五月榴花照眼明，枝间时见子初成"，轻易就迷了人的眼。少时读《红楼梦》，当中有元妃判词，词中开在这个女子身畔的，正是榴花："二十年来辨是非，榴花开处照宫闱。"元春伴随着贾府最鲜花着锦的时节，而夏时节的榴花开处，是已然长结实了的生机与烈火灼烧般的繁茂，正如元妃省亲时带给贾府的煊赫。石榴花有大红、粉红、黄与白四色，有番花榴、四季榴、火石榴等各类，还有单瓣、重台瓣、千瓣红、千瓣白与千瓣粉红等各状，我不曾见过这许多花样，但开在元春宫中的，应该就是人们素日最常见的红色榴花。榴树浓重的赤掺着盛夏阳光的金黄，糅合出一眼手舞足蹈的大红。古代姑娘们心爱的"石榴裙"，也是这染着大红颜色的裙子，毕竟其他如白、黄之类的颜色，是绝对染不出"桃花马上石榴裙"的明丽来的。

石榴不与春花争艳，入夏后才开始前赴后继地盛开，一直绵

宋·鲁宗贵《橘子、葡萄、石榴图》

这是一幅南宋的写生画作，描绘南宋时人可见可吃的时令水果，石榴在当中十分醒目。画作用色自然润泽，细节生动，尤其石榴皮上的斑痕褶皱，使之栩栩如生。石榴多子，传统上也蕴含着中国人多子多孙的美好愿望。画面左下角石榴叶上有作者留下的隐约可见的『鲁宗贵』提款，是观古画时偶得的意趣，也是古今人于生活和艺术里的一个对望。

延到中秋还零星可见。石榴花分雌雄双性，雄花只开不结果，雌花会结实，所以初开时基部就如女子怀孕般膨起，花越开越小，果实则越涨越大，最终取而代之。而即便已成熟采摘，石榴果上也依然保有着花萼张开的形态，像在保留它的来处，延续它于风中盛放的记忆。

石榴果的美貌在它斑驳的皮被剥开，剔透的果肉一下子出现在人面前时达到了极致。一粒粒的像连缀的淡红色琥珀，一滴滴的像初酿却倾倒了的酒，淡黄薄膜隔开的像一个个蜂房。北宋梅尧臣的诗："安榴若拳石，中蕴丹砂粒。割之珠落盘，不待鲛人泣。"赏心悦目，看着就觉得好甜，舍不得吃。但还是要吃的，这"天下之奇树，九州之名果"，如果光看不吃，同样也是暴殄天物。晋人曾有《安石榴赋》，对石榴不吝溢美之词："华实并丽，滋味亦殊。""商秋授气，收华敛实，千房同蒂，千子如一。缤纷磊落，垂光耀质，滋味浸液，馨香流溢。"这么极致的赞誉，几乎都要为之加冕水果之王的称号了。且那优中还有优，异中还有异，像《酉阳杂俎》中的南诏石榴，《本草》中的水晶石榴，四时开花不歇的四季榴，源自海外树小实大的海榴……都是石榴中的异品，少有人能得见，但只作传说流传也好，你可以尽情想象它的滋味。

吃石榴，最适合在这由凉转冷的仲秋时节。眼下寒露已过，霜降未至，《月令集》中道："寒露，九月节，露气寒冷，将凝结也。"气温下降，空气干燥，人容易感冒，呼吸道上的诸多疾病也容易于此时滋生，这个时节，人体需补充一些性温、味甘并且相对滋润的食物，而石榴恰好兼此三性，浸入肺肠之中，有生津止渴、固本止损的效用，于口干舌燥、腹泻出血、咽喉炎症等疾症都有益处。不过，石榴甜度高，且与西红柿、土豆等物相克，需小心注意，即便是平常人食用，也当适可而止。

如今，一年四季吃石榴也不算什么罕事，可即便没有上述那些好处，也总是觉得石榴就属于眼下这个时节，其余时候就算它出现在果摊上，也少有人问津的。一时的风物承载有一时的记忆，也牵连有一时的温情，轻易无法替代。小时候每次吃石榴，母亲都会亲手剥成一粒粒的，盛到白瓷碗中端到我面前。听起来实在有些不像样，但母亲从来如此，也不觉得宠溺了孩子。所以幼年时吃石榴的印象，都是直接莹润的一碗红晶珠子端到面前来，只需一勺挖下去，唇齿再稍稍用力，清甜就轻而易举地碎裂在口腔中。这甜蜜是得来全不费工夫的，以至于多年后，到了第一次需要自己亲手剥石榴的时候，我竟不知道要从何下手，最后居然粗暴地拿刀切开了事。再不是记忆中的晶莹悦目了，一瞬间汁水横流，淡红色琥珀珠子被拦腰而断，露出磨砂的微湿与惨白。那一刻真有种错得离谱的惊惶，忙不迭地赶紧把当中被切碎的珠子吞掉，将其他的小心剥落，直到终于见到记忆里的红晶珠子。真希望石榴味的秋天慢点过去。

## 秋日长安

不知道当年玄奘万里西行归来后的那些秋天,看着长安城久违的秋色,他心里会涌上什么样的感觉?他或许会想起在西域的路途中度过的十七个秋天,当时无不觉得深刻,但此刻居然全都模糊了。但那用长久的艰辛交换回的硕果还近在眼前,人生至此,似乎也没什么遗憾了,他感到心安。秋分之后,长安的天慢慢黑得早起来,眼前景致虽还留有盛夏的余韵,不荒凉不萧疏,抬眼望去,处处仍见繁盛,但秋凉毕竟是上来了。处暑后慢慢消下去的燥热,也彻底不见了踪迹。乾坤能静肃,寒暑喜均平,这个刚刚好的时节,人们会觉得舒适,平和,想念很久前的事,也愿意多走出户外,融入这个温和的时节。

大雁塔下从来不缺少人。当年玄奘用来安放从印度带回的经像而修筑此塔的时候应该并没有想到,千年之后,当时慈恩寺所在的晋昌坊连同唐王朝一起烟尘俱散，但这座塔却仍固执地保有着昔日的结构，牵扯着这座古城的前世记忆。《天竺记》中记载："达嚫国有迦叶佛伽蓝，穿山石作塔五层，最下层作雁形，谓之雁塔。"昔日玄奘西行曾建此塔，故取此名，后来为跟荐福寺雁塔区分，称作大雁塔。尽管在周围的风貌控制下，它有些孤高地被凸显出来，但前人诗中什么"塔势如涌出，孤高耸天宫""七星在北户，河汉声西流"的形容，还是有些太夸张了。对于现代都市而言它实在不算高，如果不是强行辟开这么一块空地，它恐怕早就被淹没在现代大楼的包围中。但与现代城市的变化速度带给人的隐隐恐惧相反，它久久地在那里，久到让生活在这里的人们习以为常。这种恒久让人觉得安定，一千多年，它究竟看到过多少事？一千年后，它还会在这里吗？

秋分一过，塔下一贯的喧哗热闹就此消退。肃烈的秋气开始隐隐掀起苗头来，草色虽还青翠，荷叶尚且亭亭，紫薇和木槿也仍开着，但枝头的柿子已经红得发亮，高处染了金边的银杏悄无声息地挂上了果，檐下的南天竹开始斑斓起来……这一切变化都是无声的，等你留意到的一刻，草木多时的暗自努力便慜然涌至眼前。"天地始肃秋者，阴之始"，在这之后，过盛之物则当杀。而此刻眼前的葱茏更像是一场回光返照，很快，登塔的人们就能看到"秋色从西来，苍然满关中"的景象了。这些时节演替间的大动作，人世有察觉，塔与佛无动于衷。

但秋分到底是温润的好时节，古朴的大雁塔像一个温厚的长者，恰好与秋日的气质相宜。除了游客，随处也能见到闲庭散步的本地人。正是桂花季，花香浓郁喜人，有相携的老人被吸引，停在花前。老爷子拿着手机拍照，老太太的手都已经不自禁地伸了出去，又有些不好意思地收了回来。行经一个小池塘，荷花早已凋尽了，只剩荷叶还亭亭着。与一对中年男女擦肩而过，恰好听到女人怪男人："你不是说带我来看荷花吗？花呢？"偷笑。一个明显不合时宜的约定，当中包含了多少被匆忙吞吐的岁月。但愿景终归是好的，或许是忙碌了大半辈子，至此终于才有了关注时节风物的闲情，这样的事，什么时候都不算晚。不时见到三两个穿着汉服的姑娘从身边走过，还有个一身红衣的姑娘，拿着个箫管坐在高处，姿态潇洒，神色却有些拘谨，下面有人在给她拍照。在西安常能见到有人穿着古装参加各种活动，人们不以为意，匆匆走过。

虽说"春分秋分"都是"昼夜平分"，同为一年当中均平的好时候，但秋分时节的一切都显得慢慢的，与春分时的轻快灵动不太相同。古人在《月令集》中记载秋分三候："一候雷始收声，二候蛰虫坏户，三候水始涸。"这些都是隐藏在自然中的秘密，那时天地安静，再细微处也能被敏感体察。而今城市中众声喧嚣，人们感知的触角也退化了，节候的分界像是再不与自己关联。不过，若是遇上存在感实在强的风物，那也是避无可避的。

避无可避的好物，秋分时节，在桂花。赏花之趣，一定要情境相宜，才能深得其味。在大雁塔西边有一座高台，台上有画栏，栏边有一株金桂一株丹桂，都有了点年头，树冠很大。站在台上，远近灯火掩映，古塔仿佛触手可及，塔上风铃不时作响，明月挂在檐角，清甜香气里有草虫低鸣。这个时刻，就像是整个秋分时节的美都归你一个人。"画栏桂树悬秋香，三十六宫土花碧"，当年李贺为物是人非、盛衰不可逆而伤怀，如今千年交替，人与物早又换了几轮，但面对眼前的这一刻，我只觉得满足。多少人行到地尽头，却仍对咫尺之内的美全无察觉。并不是所有人都能享受节气里的幽微之美，常常沾沾自喜，同时为此遗憾。

桂花台下有步道，每次回去时都会经过，道旁立着许多镌刻着唐诗的灯柱，上面都是唐人的诗作。随意瞥过去，常见"忆长安""题名处""春日游""思往日"之类的字眼，都染着古铜意味。无意间瞅到贾岛的一首诗，很合当下这个时节，停下来读完：

> 病身来寄宿，自扫一床闲。
> 反照临江磬，新秋过雨山。
> 竹阴移冷月，荷气带禅关。
> 独往天台意，方从内请还。[1]

---

[1]〔唐〕贾岛《宿慈恩寺郁公房》。

不算是"鸟宿池边树，僧敲月下门"那样漂亮的句子，但读下来也是舒服的。我正经历着的这个秋分，承继了从前无数个秋分的记忆，此时此刻身在之处，也正和千年前许多人的脚步重合，这样无以名状的连通感，让我很喜欢。

## 夜未央

竟然又秋分了。晚归的路上,发觉风已经变凉,而第二波桂花的香气也消失了。昨晚和丈夫去看了半场电影,两个人都有点感冒,他累了几天,直接在电影院的座椅上半躺着睡着了。白瞎了诺兰乒乒乓乓的时间新概念。两个人都没看进去。于是便不再勉强,中途离开。

还是要有仪式,过去我给自己安排的仪式金风玉露,没有觉得不奇妙的。比如前年的秋分,刚生完女儿半年,哺乳期也不能乱走,却在中秋前的桂花季里横下心,跑去雁塔下拍桂花树。而去年的秋分,父母退休后一起来帮我照看孩子,也没别的事,就带他们去山中看叶子。而今年的秋分,则什么都没干,在家给丈夫收拾秋天的衣服。我不是细致的妻子,在一起十年又结婚四年,很少为他做这些事。当然也不给自己做,都是随意地拿起什么是什么的。但就是在今年起，不想再这样下去。把柜子里的衣服理出来分类弄好，又把墙角的挂烫机挪出来。处暑后天气反反复复，一直要到秋分，才真正该换上秋衣了。

随着衣服上日久的褶皱被一道道热气熨平，心情也随之舒展开。回顾起自己从前犯过的许多错。都不是大事，所以很难有发觉的契机。比如对事物形式的追求从来超过了对事物本身。就连爱，就连生活。好比总是不停追问意义，却慢慢在过程中消磨掉真实。以至于如今回看，除了空空如也的情绪，平滑如秋水的氛围，十几年来什么都没有在经营。

秋分过后，夜就比昼长了。下班回到家时，天便擦黑了，而后便进入"长夜漫漫"。我很喜欢"长夜漫漫"这个词，说不出为什么，但就是觉得长夜就该是"漫漫"的。试想，如果换成"漫漫长日"，就不是这个感觉了。

《长恨歌》中写过一个夜晚——"迟迟钟鼓初长夜，耿耿星河欲曙天。"那是在安史之乱后，唐皇室刚从叛军手里收回了长安，但这么晃荡一场，家国物非人非。什么都没有了的唐玄宗独居偏殿，怀念着和贵妃过去的日子。心中不同层次的痛苦纵横交错，从黄昏一直磨人到天色将明。还有《汉宫秋》里，昭君出塞后汉元帝独自度过的夜——"过宫墙，绕回廊，近椒房，月昏黄，夜生凉，泣寒螀，绿纱窗，不思量。"人心中的痛苦延长了黑夜，黑夜也同样掩藏了人们心中的伤痛，因为白天是"公众"的，而夜晚则是"私人"的，一些在光天化日下必须掩盖的东西，在夜色中被短暂地释放。

于是，盼夜"未央"。谁都盼，从来盼。屈原"及年岁之未晏兮，时亦犹其未央"；谢朓"大江流日夜，客心悲未央"；杜甫"主人送客何所作，行酒赋诗殊未央"……汉代还有著名的未央宫，和长乐宫组合成"长乐未央"的意象，意思是"永远快乐、没有穷尽"。因为意头好，唐代也对"未央宫"这个名字进行了保留，今天的西安城也划出了一个区叫未央区，都是对这美好寄寓的延续。而"未央"最早也是和夜有关的，《诗经》里唱："夜如何其？夜未央，庭燎之光。"夜怎么样了？夜还没有尽呢！于是莫名就有种安心感，还能在安全不被打扰的私人区域里多待一刻。

盼夜未央。一个人读书写作的夜晚，开窗有桂花气，举头有明月光，这样的夜晚，多一次都是赚来的。可生活中既有牵连，无论随之而来的是空茫还是愁绪，挂在心上总是沉甸甸的。

## 中秋月明 人尽望

如今中秋节,大家是不是都不怎么流行看月了?可在我看来,月亮在这一夜里主角光环确实太盛了,照透了古往今来。人们或许不知道因为中秋"此夜月色倍明于常时",所以这一夜也有"月夕"的说法。但在"丙辰中秋,欢饮达旦"后照耀苏轼的那轮"婵娟月"的却是家喻户晓的。大文豪和中秋月一样耀眼,让人很容易就自惭形秽了。

吃完节日饭,带女儿去附近园子里看月亮。这样的夜晚,是《渔舟唱晚》尚能流畅弹出的喜悦。寻常而无诸多新细节,故清简有留白。孤身一人才总想着时不我待,有爱有暖,谁不想光阴虚掷?

女儿似乎也不怎么常见月亮,只能从熟悉的诗歌中找经验,"举头"能望见的,那肯定就是嘛。于是不唯天上的,就连树上挂着的装饰灯也被她看作一堆月亮。年轻的爸爸对怀中纯净的黏腻和依恋无以为报,毫无原则地信口哄着,只恨自己不能当场上树给她摘。

两大一小就这样瞎溜达到月上枝头。女儿远不能体会妈妈对这一刻的贪恋,反正她一直窝在爸爸的怀中。倒是很敏锐地发现天上那一轮,也不忘潇洒告别:"我回家了,月酿(亮)拜拜,下午(回)再来!"小女娃娃太可爱了。

国人赏月、拜月甚至祭月的传统,从几千年前就开始了。《礼记》里就很端庄地记录着,当每年"秋暮夕月"的时候,人们要聚在一起祭拜月神。只是这里的"夕月"指的未必是中秋节,"月夕"一词在被中秋占下前,一直是月末的意思。直到唐宋时,中秋赏月拜月才演变成了一场全民活动。

宋代《东京梦华录》里的中秋夜,"贵家结饰台榭,民间争占酒楼玩月",这是宋代开封人民中秋玩月。明代陆启泓《北京岁华记》里的中秋夜,"人家各置月宫符象,符上兔如人立;陈瓜果于庭,饼面绘月宫蟾兔;男女肃拜烧香,旦而焚之",这是明代北京人中秋拜月。而到了清朝,《吴郡岁华纪丽》里的中秋夜,展现的是当地"走月亮"的风俗画卷。清朝的社会风气说开放也没有那么开放,但在中秋夜,闺中女子却纷纷相约盛装出游。"路不拾遗,夜不闭户"的远古理想虽然达不到,但这一夜里,"里门夜开,比邻同巷,互相往来。有终年不相过问,而此夕款门赏月。……虽静巷幽坊，亦行踪不绝"。就连终年不相往来的人们，这一天都能在一起整夜不睡，互通有无，玩赏月色，名曰"走月亮"。

古代中秋节的看月，更像是倾城出动的一种仪式。月亮是一年四季都在头顶挂着的，阴晴增减，每月十五一回团圆。我想每个人小时候都曾有过一个错觉，感觉走夜路的时候，月亮是跟着自己走的，我们走到哪里，它就跟到哪里。"月出于东山之上，徘徊于斗牛之间"，这是山里的月；"滟滟随波千万里，何处春江无月明"，这是江上的月；"二十四桥明月夜，玉人何处教吹箫"，这是桥边的月；"淮水东边旧时月，夜深还过女墙来"，这是墙上的月。明月无处不在，所以很容易就能和曾经的经历融合起来。"月下谈禅，旨趣益远；月下说剑，肝胆益真；月下论诗，风致益幽；月下对美人，情意益笃"，月是很有美化功用的。很多事情到后面可能当事人自己的记忆都模糊了，但那段经历中不时出现的月色却是记得的。于是"举头望明月，低头思故乡"，于是"但愿人长久，千里共婵娟"，记得的是故乡的月，是和故人一同看过的月，怀念的是月，也是故乡故人。

当然，月本身也是很美很美的。用清人张潮的话说月色就是，"无可名状，无可执着，足以摄召魂梦，颠倒情思"。月的美不用多说，每个人都有自己的见解。明代《小窗自纪》中有几句关于月的描述，把月色之美描述得很精微："小窗偃卧，月

## 宋·陈清波《瑶台步月图》

这是一幅描摹中秋宋代仕女赏月的画卷，画面当中的五个女子立于高台之上。手执着壶、蜡烛、团扇等物，一边交谈，一边欣赏空中圆月。台建筑是我国最古老的园林建筑形式之一，早期的台多是一种高耸的夯土建筑，古代的宫殿多建于台之上。比如鹿台、灵台、铜雀台等，都是著名的高台建筑代表。台的功用有隔潮防水，祭祀仪典，登高游览等。有台之处，必有栏，凭栏远眺，倚栏沉思，都是我们常能于古诗词中看见的场景，比如「独自莫凭栏，无限江山」，「把栏杆拍遍，无人会，登临意」等，以至于我们如今看见栏杆，都总有一种似曾相识的亲近感。

影到床。或逗留于梧桐，或摇乱于杨柳。翠叶扑被，俗骨俱仙。及从竹里流来，如自苍云吐出。清送素娥之环佩，逸移幽士之羽裳。相思足慰于故人，清啸自纡于长夜。"像是一个有灵有情的生灵，飘忽得天地间能让"俗骨"俱仙，当是美得很有能动性了。所以人们忍不住为它附会上传说——"青女素娥俱耐冷，月中霜里斗婵娟。"

如果天上没有月，那过去几千年所有美好的夜景就都不存在了。人们深知这一点，所以每年一定要选上一天以为纪念。"明月照映，秋色相侵，物外之情，尽堪闲适"，由此，秋月的意蕴倒比春月更浓了。"世俗恒言，二八两月为春、秋之中，故以二月半为'花朝'，八月半为'月夕'也。"人们选了中秋这一天，万众一心地表达对月的情愫。"王孙公子，富家巨室，莫不登危楼，临轩玩月"，这是富贵人家与中秋月；"铺席之家，亦登小小月台，安排家宴，团圆子女，以酬佳节"，这是小康之家与中秋月；"虽陋巷贫篓之人，解衣市酒，勉强迎欢，不肯虚度。此夜天街卖买，直至五鼓，玩月游人，婆娑于市，至晓不绝。"这是贫困人家与中秋月。都是一轮明月，有钱有有钱的赏法，没钱有没钱的赏法，分明不一样的世情，在中秋夕月下，也一样了一刻。

我太爱月亮了，以至于在方寸家中安了一个月洞门。当年就为装这个，和家人好一番斗争。反对的原因大概就两点——"家里本来也不大折腾什么""别人家没有这样的"。反正不管谁说，我都充耳不闻。房子再小装个门的地方还没有了？别人家有没有与我何干？别人又不住我家，我住我家。反正我就喜欢月亮门，从小就喜欢。

月亮门又叫"月洞门"，看名字就知道，因为长得像"月亮"而得名。往江南那些园林多的城去逛，哪哪都能见到。它常常静立在园子深处的小径中，一边供人过道，一边把园子隔出两院，这头那头各有洞天。红楼梦里，大观园试才题对额，贾政他们就是"绕着碧桃花，穿过一层竹篱花障编就的月洞门"，走入大观园的最深处。门外是"粉墙环护，绿柳周垂"，门里则两边都有游廊相接，"一边种着数本芭蕉；那一边乃是一棵西府海棠，其势若伞，丝垂翠缕，葩吐丹砂"。反正就是给你搭个架子，具体的凭你瞎折腾去呗。

月亮门也并不是孤立的。作为园林建筑整体中不着痕迹又不可缺少的一部分，它柔化了建筑物受力时的锋锐棱角，又隐含了中国人向"圆"的情结。如果没有这扇月亮门隔着，园林景色再美，也不过是把一幅一目了然的美画抛出来给人看，园林会缺少几分浪漫的韵味，游人也会缺少许多峰回路转的惊喜。

反正我最喜欢我的月亮门。西安是北方城市，园林风貌以爽朗疏旷为主，月亮门也不像江南那么多。但因为我自己家就有，所以也不会觉得长时间看不着。家里这方寸天地，当然弄不出"洞门烟月挂藤萝"的样子，我也只是保留其基本形态，又做了改良。

但就算只有形态也够了,"孤月明秋空,清影跨洞门"的氛围就有迹可循。我每天都要从中穿过无数次,穿过一次就高兴一次。

依稀明月光里,秋虫正当时。一下子把人扯回小时候去。赏月归来,女儿被姥姥的一根棒棒糖勾走了,没法哼着"床前明月光"的歌谣哄她入睡。盼她慢些长大,因为长大是真的累,不过窗前的月,此时是真的洁白。

## 皎皎月,白玉盘

出夜差的高铁上,窗外山间有一弯弦月。

科技折叠时空,想小时候就是到临市的姨妈家,也要躺在绿皮车上晃晃荡荡一夜。其实并不喜欢那个目的地,但还是年年都愿意跟着去,因为实在喜欢黑夜里的这段路途。不为别的,就为这沿途的山水,各式各样的山与水,各时各色的山与水,山水让人放空,思绪飘飞之余,窗外变换的是不同风景里截然不同的村庄,偶尔跳动的鸦,和那一弯一轮的月。路过才是所求。

研究生时在报社实习,好几次凌晨被派到临市的深山里去采一些传统民俗的风,还要赶第二天一早七点前发掉稿子。差事是苦,但当大巴车穿过江南的深山,森森细细的竹林和流水,到达一段保留完好的生活,采走它存在了很久,但又还冒着热气的片段,又觉得无比值得。而那些夜晚,窗外也是这样的月色。

岁月竟这么容易被连出立体感。而满足也这么简单。但不能细味，否则又会觉得有些可怜。

很少有人能记清自己第一次见到月亮是什么时候吧。毕竟肯定都是很小的时候，那一刻的惊奇很容易就会被丢失在童稚时的混沌懵懂中。况且月亮挂在天上够不到，而且这够不到的东西还会发光和变化，就更添了神秘。但它还是总要有个名字呀，于是，在它变成最具标志性的圆形时，孩子们试探性地就拿身边熟悉物件的名字来套。李白写诗："小时不识月，呼作白玉盘。"

古时不是家家都用得起白玉盘这样的名贵物什，但盘子总是人人都熟悉的。人们一天离不开盘中餐，就一天离不开餐下盘。所以，我虽从未读到过盘之为物的起源，但却不难想象，它绝对可以追溯到远古人类起源的时候。不管那时人们是靠打猎还是采集获取食物，也不管用以盛放这些食物的器具是树皮还是树叶，当人类借用外物以便转移食物的时候，"盘子"的雏形就已经产生。而随着人类文明的日渐发达，盘子的边缘也被修理得日渐齐整，造型也丰富完备起来。

早期的盘多取材于自然。《说文》中说："槃（盘），承槃也。从木，般声。鎜，古文从金。盘，籀文从皿，字亦作槃、作盤。"古时盘子的材质以轻便的木头为主。不过在先秦时，通过冶炼制成的金属盘也不难见到了，大名鼎鼎的毛遂就曾"奉铜盘而跪进之楚王"。而在古代，盘与盆的功用还不像今天这么分化的时候，除了盛放食物之外，盘有时也会被人们用作盥洗用具，甚至还会被庄严地置于一些仪典之上。《礼记·丧大记》这么记录道："君设大盘造冰焉；大夫设夷盘造冰焉；士并瓦盘无冰。" 还有一些仪制："少者奉槃（盘）""（士）执槃（盘）西面"，都有规矩。

其实，每对中国古代物件了解得更多一点，就更多一些体会到当中对个体间身份差异的强调。盘子的不同材质的背面，盘中的不同物什的后头，都明摆着主事者想向世人昭示的内容，而在一场接一场明里暗里的强化后头，当事人和旁观者从表面上和心底里都接受了这样的差异，古代宗法社会里的诸多规制也就因此约定俗成。

有的时候会本能地觉得不可思议和排斥，也可能是因为自己的年龄与辈分都不到，放在古代肯定只有用家中最差材质最小规格的命，同时还要奉行这样那样的各种规矩。而自己已然被现代社会纵容得无拘惯了，于是真的很难想象如果连一日三餐里用的盘子都区分个长幼尊卑的话，生活得有多压抑。但有时也会陷入迷惑，中国人将几千年的伦理制度寓于器中，衣食住行中无时无刻不在提点着人们，才使得大家一举一动都不敢怠慢，而如今，器具中蕴藏着的古老规矩早被现代社会击得粉碎，可是，那些保有着风雅和想念的仪式感又该去哪里寻找？

还是将注意力扯回到器物本身上来。古人诗文中，多见描述盘中物的篇目，比如"良人玉勒乘骢马，侍女金盘脍鲤鱼"；抑或是用诸如"金盘""玉盘"的字眼，来描述这些精致盘具后的感情，像是"美人赠我金琅玕，何以报之双玉盘"。不去管那些明里暗里的社会信息，无论什么时候，漂亮的东西总是赏心悦目的。古代漂亮盘具的材质很多，除了金玉，还有剔透如"水晶盘冷桂花秋"，精巧如"涵碧湛湛琉璃盘"，甚至华贵如"琉璃琥珀象牙盘"。到后来陶瓷工艺越来越发达，像是哥窑盘子、汝窑盘子之类中，也不乏精品。盘子的形制也多种多样，圆形、椭圆形、方形都是寻常式样，还有像"八方盘""花卉盘"等。更有材质和形制浑然一体的，像是《红楼梦》中"大荷叶式的翡翠盘子"，更是精贵的让人咋舌。

中国工匠技艺高超，今日我们还能在博物馆中看到不少古代盘具，相比现代常见的机器批量印制的瓷盘，即便是普通的木头盘子，上面的一刀一抹，或雕刻或绘纹，也精工细作令人惊叹。你能感受到它们是如何被专注制作，又是如何被庄重珍藏的。于是，一段很旧的时间就这样被它们珍藏下来。对着这样精致的盘具，谁舍得风卷残云盘中餐呢？必定是要一口一口地细嚼慢咽啊。

羡慕归羡慕，文物当然可望而不可即，现代社会的发达当然也不必浪费，只是现在的物质实在太丰沛了。盘子也是这样，总是被匆匆忙忙地产出，随随便便地使用，再被轻轻松松地丢弃。我想，现在依然有孩子会将月亮比作圆盘，而现代生活的更新换代却很难为人们留下什么，很久后看，怕只有月亮还是那个月亮了。

## 秋雨梧桐叶落时

究竟什么是零落？不到深秋，没法切身体会这个词。第一次认真注意到这个词是在屈原的《离骚》之中，屈原在里面叹息着说："惟草木之零落兮，恐美人之迟暮。"当时我想，哦，零落就是深秋树上掉叶子，再更往进想一步，就是红颜白发，老了老了。那时还小，体会不到秋的肃杀之气，只觉得风光绚丽，"袅袅兮秋风，洞庭波兮木叶下"的样子很好看。

就是今天也依然觉得好看，秋叶零落是秋天最常见的美景了，人们喜欢看之余，也很敏感。西汉《淮南子》中的"见一叶落而知岁之将暮"，说的就是这种敏感。好像不久前的夏日里还苍翠着的叶子，忽然就被莫名之气催掉了一片，而后人们倏然意识到，秋天又要来了。时序没有隔阂，就连世外隐遁的人也能感知到，"山僧不解数甲子，一叶落知天下秋"，出世入世就这样连在一起，用共同时间。

在中国的传统文献里，秋日里最常被提到的树木是梧桐。这个名字我们常听，但这种树我们如今已不大常见了。如今常能见到的、被人们口口声声唤作"梧桐"的那个，其实是近代才涌入我国街道两边的、会在暮春时飘起满天的棕色飞絮的，又被称作"法国梧桐"的悬铃木，那是近现代才引入的，是舶来品。

如果草木有知觉，真正的中国梧桐应该会有些落寞的。梧桐在古代有"青桐、碧梧"之称，有很清高挺拔的姿态。它也不会在春天乱飘毛絮，它很坚韧，有"柔韧之木"之称，能用来制作古琴。它在这片土地上生活了几千年，有过很辉煌的历史，早在《诗经》里就有人说："凤凰鸣矣，于彼高岗。梧桐生矣，于彼朝阳。"说明最晚从先秦起，它在国人心中的地位就已经很高了。梧桐一直被人们奉为"木中清品"，甚至传说中最古老的神鸟凤凰都只栖息在它的枝干上。在历代天子的宫苑中，梧桐也是最重要的树木，被栽在华贵的庭中。春夏间百花茂盛的时候它沉静生长，而到了萧条的秋，它的叶子就落下来，伴着一场场雨，供锦衣玉食却孤单寂寞的人派遣愁思，于是就有了"金井梧桐秋叶黄"和"寂寞梧桐深院锁清秋"。

元代白朴将唐玄宗与杨贵妃的爱情悲剧写成了著名的悲剧《梧桐雨》，它被命名为"梧桐雨"而非"芭蕉雨"或是其他什么雨，就是因为梧桐树在中国人心中特殊的地位。"这雨一阵

## 明·项圣谟《大树风号图》

这幅图给人以浓重的秋冬之际的肃杀感，给观者一种似曾相识的感觉。图画的绝对主角是一株参天古树，旁有一老者拄杖立于一旁，身处旷野，瞭望远山与红霞，满纸尽是『视此虽近，渺若山河』的苍茫寥落。这幅图画风沉郁，跟作画者的心情是相适应的，画者项圣谟恰好身处明末清初，山河易主之时，画的右上方有画家自题七言绝句一首：『风号大树中天立，日薄西山四海孤。短策且随时旦暮，不堪回首望孤蒲。』算是点明其悲愤绝望的遗民心情。我们现代人也能从中看出一股浓浓的思乡怀亲之情。

阵打梧桐叶凋,一点点滴人心碎了。枉着金井银床紧围绕,只好把泼枝叶做柴烧,锯倒。"一有了秋雨梧桐,氛围轻易就能被点足。而像"当初妃子舞翠盘时,在此树下,寡人与妃子盟誓时,亦对此树"的时候,也都是"春风桃李花开日"的好辰光,主人公未必能注意到眼前的一花一木,但在"秋雨梧桐叶落时",却可拿来对应忧伤。

因为仿佛通人情感,所以梧桐叶被看作是有灵性的。清代陈淏子《花镜》中说:"此木能知岁时,清明后桐始华,桐不华,岁必大寒。立秋地,至期一叶先坠,故有'梧桐一叶落,天下尽知秋'之句。""清明后桐始华"应该是从《月令集》中出来的,是清明三候之一。而到桐花落后,梧桐就沉入春夏的蓬勃中蓄力,这股子力量要到入秋后才会发出来。据说宋代时的立秋那天,宫中会有报秋仪式,宫人把栽在盆里的梧桐移入殿内,"立秋"一到,便有人敲一下梆子,高声道:"秋来了。"此时梧桐应声落下一片叶子,就算是天下知秋了。

秋分后,秋越来越深了,道旁的银杏开始黄,但城市中的悬铃木(法国梧桐)似乎还没开始怎么掉叶子。但估计很快就要开始了,印象里秋叶的凋落总是来势汹汹,几场秋雨的事。

"世事一场大梦,人生几度秋凉。夜来风叶已鸣廊。看取眉头鬓上。"苏轼的一阕《西江月》,很适合当下这个时节。三十岁之后,便知道有些词不必读完了。

## 重阳节后，采菊东篱

菊花残，秋水寒，芦荻萧萧，层林尽染，寥落催动某些往事，春与秋都是人间。又是一年重阳。这个节日不如春节、中秋热闹，但也并未像上巳、花朝那样彻底沉寂下去。如今重阳节被定为"老人节"，这个提法还比较年轻，而重阳节之于中华文化，实则有着更加绵长的传统和更加深厚的渊源，源于先民对于命途吉凶的思索，伴随着祖先顺应时节的气息，向来被格外认真地对待。

若往前追溯中国古代哲学的源头，有一个概念是绕不开的，这就是阴阳。阴阳平衡，是天地相对、日月升沉、昼夜相交，四时轮转的根基。虽说两者相生相克、相容相克，缺一而另者不存，但在古代，人们还是会更偏爱阳性的事物，比如应该没人好好的不想待在阳间（人间）而想去阴间（死去），人们生育也多是"盼男（阳）轻女（阴）"，蓬勃的春夏（阳）给人的感觉总要比寂寥的秋冬（阴）要好上许多，见日的昼（阳）也总要比现月的夜（阴）更方便人们生活。而时日一天天过去，人们用数字一点一滴地标志着这种流逝，而《易经》又特别将"九"定为阳数，并且是最大又最神秘的数字，日与月两"九"相重，九与九两阳相会，重阳节之名，本就带有吉祥的意味。对于极尽尊崇自然哲学、生活又极讲规则的中国古人来说，这个日子会成为重要节日之一，一点也不奇怪。今天我们或许对重阳节的种种传统风俗模棱两可，但它曾经的特殊意义，还是值得被了解更多。

重阳节是要登高的，这是古时这一天家家户户扶老携幼都要完成的仪式。王维凭借那首家喻户晓的《九月九日忆山东兄弟》，成功把古代重阳节的重要风俗植入千年后现代人的头脑中："独在异乡为异客，每逢佳节倍思亲。遥知兄弟登高处，遍插茱萸少一人。"家家欢聚的佳节，思乡怀亲是人之常情，而在重阳节这天思念起家人，却有着具象的画面——缺席的游子知道，这个时候，家里人必定都登到高地上去了，可见此习俗在当时的风行和郑重。这个时节，已经临近秋末，山上的颜色斑斓起来，若登上高处，俯瞰眼下红黄渐变，层林尽染，渚清沙白，落木萧萧，当然也是说不尽的舒心快意。但重阳登高的由来，据传起因却并非是为了赏景，如南朝《续齐谐记》中载，是费长房告诉跟他学道的桓景一家人在九月九日这天的避祸之举。等到桓景日落下山回家时，发现家中鸡犬牛羊全都暴死，费长房说，这是牲畜代他们受了祸事。故而此后,世人每至九月九日,都会举家登山避灾祈福,渐渐成了风行历代的重阳传统。如《临海记》中所录:"郡北四十步,有湖山,山甚平正,可容数百人坐。民俗极重,每九日菊酒之辰,宴会于此山者,常至三四百人。"如临海县这样的情状,古时九州之内比比皆是。

既是传统,即便是在异乡,也是要遵循的。某年重阳,王勃与卢照邻在蜀中玄武山相聚,虽然有良朋在座,但分明该是合家团聚的时日,独在异乡也难免落寞,他们写诗感叹,"九月九日望乡台,他席他乡送客杯""他乡共酌金花酒,万里同悲鸿雁天",郁结着说不清的忧愁,然而即便不能和亲人共度,能与朋友一起在高处喝菊花酒,也能退而求其次地体会到重阳的存在感。

重阳节是一定要有菊花酒的,因此这天也被称作"菊酒之辰"。有时节中喝了还不够,第二日"小重阳"(古时重阳后一日常再集宴赏,称小重阳)还要继续,"昨日登高罢,今朝再举觞",李白虽然同情菊花"遭此两重阳"的苦楚,可真当要喝的时候,还是不含糊的。不含糊的还有陶渊明,重阳节正没有酒喝时,江州刺史王弘命人送来了酒,他二话不多说,拿过便饮,酣醉而归。因当时官府驱役之人着白衣,于是"白衣送酒"的典故就这么流传下来,后世用以比喻心之所望,有人相助成全。

重阳节正是菊花开得最好的时节,李清照只有在此时"东篱把酒黄昏后",才会有"暗香盈袖",杜牧也只有在此时"与客携壶上翠微",才会不断看见"菊花须插满头归"的场景。秋山菊花好看,又能泡茶、酿酒,喝了还有强身延年的效用,所以,不论从悦目还是养身的角度,菊花在重阳节都颇合时宜。

合时宜的植物还有茱萸,在王维的诗里,他所思念的站在高岗上的亲人,身上都是佩满了这种植物。茱萸是一种平时不太起眼的落叶小乔木,开花浑圆嫩黄,清秀可人,但显眼是算不上的。可到了重阳节时,茱萸花早已凋落,赤红的茱萸果却成熟起来,不仅晶莹可爱,还有着微苦的清香。当年费长房除了告诫桓景家人登高之外,还提醒了他们要佩戴茱萸囊来辟邪。神话里的辟邪之说自然不必较真,但茱萸所带的微毒能够驱虫灭蝇,于人身体有益。后来茱萸的实际效用被其他植物取代,辟邪之说人们也不以为然,它也就渐渐退出了人们的视线,只活跃在前人的名诗句中。

## 人迹板桥霜叶红

霜降这夜有韵律。

下班后去接女儿回来，小东西很黏妈妈，直往妈妈怀里钻。陪她把喜欢的玩具玩了个遍，因为还没来暖气，妈妈嫌我晚上睡得沉，所以每次还是坚持带她回去。因为惦记着吃姥姥家的面包，小家伙也很爽快地挥着小手告别："妈妈拜拜，下次再来！"好笑失落心酸搅结出特殊的感受，就算她看起来还是健康成长着，但始终放不下对她的愧疚之心。

丈夫依旧出差，那天问他能不能回来，得到"你回去我也想回去"的答案，就是这么一点点，也可以牵连很久的心安。再说也不是不喜欢这只属于自己的夜。读书练字写点文章，若有不顺就放放，手随笔走之余还能灌着一位建筑师的耳音。是真正懂艺术又懂美的人，听人家讲土木线条在天地间的流动，历史上曾经有过的各种高级的昂扬和舒展。也是会讲述的人，建筑在他心中的历史要求和文学情感中不断变换，就连荒城之外的一艘船的停泊都被点染得那般自然。看得出来还是有许多未说的话，归根到底还是怅然。在这样的夜里得到一些舒展，竟然又到霜降了。

这几天清早出去跑步，发现路边的草木已经笼上了微霜。其实霜降节气还要再过两天，但霜却不知不觉地早早降下来了。汉代张衡在《定情歌》里唱："繁霜降兮草木零，秋为期兮时已征"，霜降代表着秋到深处。而霜降一过，秋天就将要结束了。

《月令集》中说霜降："九月中，气肃而凝，露结为霜矣"，认为霜是有寒露凝结而成的。寒露是霜降前的一个时节，是秋天从凉爽转向寒冷的过渡，"九月节，露气寒冷，将凝结也。"从寒露到霜降是秋气无声变化给自然带来的反映。细察之下你会发现，这三十天的物候现象非常有意思，从寒露的"鸿雁来宾，雀入大水为蛤，菊有黄华"，到霜降的"豺乃祭兽，草木黄落，蛰虫咸俯"，动植物们真做出了挺大动作。这些动作将天地引向彻底的大寂静，就像知道它们蹦跶了一年，到头来也该沉睡了。而所谓"大火流兮草虫鸣"，秋夜的天空上，象征着夏之繁盛的大火星也会彻底沉下去。

还是说秋霜，这也是一个从古到今出镜率颇高的意象，它在秋夜夜深时出现，到次日日出时消失。《释名》中这样解释它："霜者，丧也，其气惨毒，物皆丧也。"一下子把人们印象里又

## 清·蔡嘉《秋夜读书图》

画中描摹深林之中的一个小园，小园篱笆紧闭，园中有一座茅堂，主人正于屋中夜读，书童侍立在旁，探头俏皮观望。窗前一白鹤闲闲而立，秋林萧疏，叶片已被风霜染红。画面淡静，方寸间秋意浓厚，有东篱把酒的风致。作者自题为《秋夜读书图》，送给其友人静宰先生。中国古代文人之间以诗文画作相赠，是既能寄情达意，又能抒发怀抱的风雅之举。

白又晶莹的这层膜描绘得很骇人。但这其实只是一个误会，看似因霜而丧的植物们是丧命于出霜时节里极冷的气温。不过，的确是因为只有秋季才有霜，所以霜色点染下的风景总带有秋的萧瑟。我特别喜欢温庭筠的那句"鸡声茅店月，人迹板桥霜"。当时温庭筠离开长安，途经驿馆时过了一夜，第二天天不亮便继续赶路。当时残月当空，覆着薄霜的板桥上有人走过的脚印，凄清的桥霜上就映照出孤冷的月色。可能许多人的记忆中都曾有过这样一段路，古代文人要读书科考，要离乡赴任，所以需要早早地离开家乡去谋自己的前程，他们往往会在清晨出行，这样才能在日暮降临前到达预期的驿站。于是这句能勾起他们共鸣的诗句，就在羁旅行役的人们中代代流传。

除了用来衬托羁旅途中的清苦之外，霜还被拿来形容一种清冷的气氛，甚至一种冷落的气质，像"饱经风霜""冷若冰霜"之类的词在今天也很常用。宋词大家柳永常在自己的词作里写这个意象，"渐霜风凄紧，关河冷落，残照当楼""鹭落霜洲，雁横烟渚，分明画出秋色""沙汀宿雁破烟飞，溪桥残月和霜白"……类似的霜味句子很多，这和他漂泊一生的经历有关。不只柳永，其他诗人爱用这个意象的也不少。毕竟快乐从来不会比伤怀更令人印象深刻。尽管诗人并非在畅快时就写不出诗来，但总是在忧伤时沉积出的情感才更加容易得到同情与共鸣。霜本就生在容易引人感慨的秋，又只出现在辗转难眠的人才能看到的夜，所以天然就带有几分寒意。再加上霜是白色，所以也常被用来比喻老人头发斑白，当人们看到"一夜清霜满镜中"的情境，蓦然间就会有"岁月忽已晚"的感叹。

霜降是立冬前最后一个节候，是秋与冬的临界点，一片苍茫间，却还是有出一个非常明亮的物象——红叶。众人皆知杜牧那句大名鼎鼎的"霜叶红于二月花"，诗中的"霜叶"指的就是赤红似火的枫叶。这一红一白的两种事物给人的绝对是一暖一冷的印象，气质截然不同的两者之所以被联系在一起，是因为古人认为红叶是被霜给染红的。最清冷的事物，却带来最热烈的色彩，这让他们觉得奇妙。所以，他们在担忧霜打农作物的同时，也会隐隐对霜染红叶产生些微期待。只是像"迎霜红叶早""半林残叶带霜红""枫叶经霜红更好"这样的诗句，都只是浪漫的误会。和霜降后死去的植物们并不是因霜而死一样，霜降后渐红的树叶也不是因霜而红，只是因为寒冷天气下，树叶里的水分变少导致叶绿素随之减少而花青素增多的缘故。

## 归来看取明镜前

那天在镜子前足足站了一个小时。突然想起该更换秋衣，套好后便杵在镜子前横看竖看。一年年的心境总有变化，但镜中影倒不像心情那么无形，它照得很客观，镜中依然是同印象中没什么差别的样子。"不知明镜里，何处得秋霜"，忽然在这一刻触及一种似曾相识的心情，从曾经到现在，不知多少人在夏秋转换之时，曾有过这样的镜前时刻。镜子家家都有，或许，这样的心情也就家家都有。

镜子是为美而生的器物。除去梳妆打扮，剃发修容这些必要的需求之外，从人类祖先最初想要看到自己的样子时起，就预示着镜子即将要出现了。但那时的条件必然不会太好，不太容易寻到能够打磨映照自己的器物。但自然界中不乏天然的镜子，"湖光秋月两相和，潭面无风镜未磨"，在镜子产生前的漫长时间里，人们常在平静的水面上映照自己的样子。即便后来铜镜已相当普遍，但仍会有人去水边临花照水。明末冯小青就最爱做这件事，"瘦影自临春水照，卿须怜我我怜卿"，顾影自怜，这本身就是件浪漫事，说到今天都是挺有美感的一个画面。其实又何止人呢，自然界中的万物，哪个不是生在这些天然水镜的映照中？

但总是用水来映照不便于居家使用，于是，人们便开始发意留心。到了青铜器冶炼技术已颇为发达的殷商时期，人们在使用金属器具的过程中渐渐发现，金属本身就具有光泽，若再将其磨至一定亮度，便能用它照出影子来，于是，镜子的雏形就这样依着金属而生。《说文解字》中说镜子："镜也，从金竟声。"镜子是用来观照影子的有光可照物的金属器。因为是金属，所以以"金"为偏旁。

既有了青铜镜，便必然能继续向前发展，先是形制和花纹，殷商西周时，人们首先注重它的功能性，因此多以正面为镜、背面不加雕饰的素镜为主，只在镜背面嵌上一枚可擎的铜扣，好方便携带。但这种状况必然不能维持太久，匠人们丝毫不吝在最小的一处细节上做尽美的功夫，不久后，铜镜的背面就开始有花纹出现，随着雕刻技术和冶炼技术的进步，镜背纹饰的风格和工艺也在不断进步，历朝历代都有非常精致的产品出现。尽管只有小小一片空间，但用作各式各样的画面发挥还是够了，镜背纹饰的题材多样：花卉、动物、人物、山水、建筑、神话等，都可以被用在铜镜的装饰上。铜镜的式样也早不限于圆形，方形、菱形、花卉形及各种特殊的制式也开始出现，如今我们在博物馆中，还可以看到各地出土的历朝历代的铜镜，经过千百年，它们的精工细作依然会让今天的人们想到太多。

铜镜的生命力在清代受到了削弱，玻璃镜随着传教士涌入了中国。相比起能照得人纤毫毕现的玻璃镜来说，铜镜的劣势无疑是明显的。金属能很好地映照出影子，却难以还原更多的细节。再加上金属镜的镜面需要经常打磨，耗费巨大，且成本高、分量重，光洁度和清晰度也不够，因此很容易就被玻璃镜所取代。但因为铜镜毕竟在中国流行了数千年，根深蒂固的审美习惯不易改变，因此，便产生了合成变异的状况，近代以来，常能见到铜镜体制和玻璃镜面合而为一的合成品。今天玻璃镜已经非常普及了，除了偶然在博物馆中见到，现代人的家中已经很难找到铜镜的踪迹，一应都是清清楚楚一目了然的玻璃镜。但纤毫毕现，就一定是一好百好吗？也未必，我曾经在一些仿古的场合照过几次铜镜，印象中昏黄的镜面映照出平时没有的柔和轮廓，加上光泽没那么多，人脸上一些让人烦心的小细节也隐去无踪。微凸的镜面柔和了线条，再加上镜面折射出的铜黄色暖光，照得人比平时显得要温柔许多。"不信妾肠断，归来看取明镜前"，这是种略带模糊的柔光映照出的缱绻感觉。

镜子因为太常用了，因此在古人眼里心里笔下，都必是常见之物。比如唐太宗李世民那经典的"三镜":"以铜为镜,可以正衣冠;以古为镜,可以知兴替;以人为镜,可以明得失。"此"三镜"充满了男性世界中的实用色彩,一点多余的意味都没有。而镜子之于女性的最大存在感,或许从来不在正衣冠、知兴替和明得失上,更多还是有一搭没一搭的闲看吧。

## 一蟹浮生

暮秋一到，城市的颜色就成熟了起来。叶子红黄而将落，粮食金黄而待收，从春到秋，仿佛所有事物等的就是这么个时节，好叫它们一个"至"的状态。于是，一"道"世间至味，便也在这个时节成熟了。

这个世间至味就是"蟹"，从古到今，自中秋后过重阳到秋末，有几户人家的餐桌能绕过它去呢？我反正最近已就着它大快朵颐了好几次，就算明明晓得这厮性寒，好吃但吃多了并不好，却丝毫不能影响食欲。清代大吃货李渔曾在《闲情偶记》中标榜过自己于吃一途上的造诣："予于饮食之美，无一物不能言之，且无一物不穷其想象，竭其幽渺而言之。"没啥好吃的是他说不出的，没啥滋味是他感受过却不能描述的，这简直是一个人对自己吃货属性和水平的最高赞誉了，而李渔也实在担得起这个评价。但就是这么一个人，却单单对螃蟹，"心能嗜之，口能甘之，无论终身一日皆不能忘之，至其可嗜可甘与不可忘之故，则绝口不能形容之"。

李渔爱蟹爱绝了。他自己在集子里写，每年螃蟹还没出的时候，就存好钱等着，还把这些买蟹钱称作"买命钱"，以吃蟹为命，这是什么精神？就这还不算，他还把每年蟹出的九月十月称作"蟹秋"，把准备酿醉蟹的酒称作"蟹酿"，准备好专门装蟹的瓮子叫作"蟹瓮"，还从婢女中挑一个特别伶俐的专门管蟹，还把人家的名字改为"蟹奴"。李渔还郑重地说："予嗜此一生。"山盟海誓般的语气，痴狂到这地步，不得不让后世爱蟹人佩服，我等无论如何是到不了这境界的。

但蟹长得实在是丑呀！再爱蟹的人也得承认这个事实，就连李渔不得不说这东西"在我则为饮食中痴情，在彼则为天地间怪物矣"。讲道理，蟹的长相是十足骇人的，鲁迅先生就说，"第一次吃螃蟹的人是很可佩服的，不是勇士谁敢去吃它呢？"真是这样，就算我这等不知道多少个无数后吃螃蟹的人，对着没捆住的螃蟹也是怂得不敢下手的。那谁又是第一个吃螃蟹的人呢？如今可以找到一些答案，但众说不一，史说也总有附会。但中国人吃螃蟹的历史的确可以追溯到很久以前。东汉经学家郑玄注《周礼》中的"荐羞之物"一词时这么说："荐羞之物谓四时所膳食，若荆州之鱼，青州之蟹胥。"注中的蟹胥是历史记载中中国古人最早的一种对螃蟹的吃法。《说文解字》中对"胥"的解释就是"肉酱"，所谓蟹胥，就是蟹酱。

确定了这玩意虽然长得丑却奇异的好吃，吃货王国的人们就闲不住了，于是就开始放心大胆地研究各种吃法了。于是后世的每个朝代都有特色蟹菜。比如魏晋后出现的糟蟹，又叫醉蟹，从出现开始一直流行到今天，依然是极受欢迎的蟹菜。诗仙李白吃糟蟹吃得浪漫，把蟹螯吃出"金液"，把糟丘看作"蓬莱"，宁愿醉在其中流连不归。而到了南宋陆游这里，糟蟹还能吃出些道道来，"旧交髯簿久相忘，公子相从独味长。醉死糟丘终不悔，看来端的是无肠"。无肠公子指的就是蟹，因螃蟹壳里空空而得名。

南宋林洪《山家清供》中还记载了一道当时流行的特色蟹菜，名叫"蟹酿橙"。名字里就有三种主要的食材：螃蟹、糟酒和橙子。宋人文雅，做饭做得也精细。巴掌大的地方也能翻出别一片洞天来，这道菜是这么做的：挑上个大橙子削顶去瓤后，稍留下一点橙汁，再将蟹肉填充于内，然后再用削下的顶盖住，把橙子包着的蟹放到一个小器皿中，再倒入酒、醋、水、盐等调料蒸熟。菜成后"既香而鲜，使人有新酒菊花、香橙螃蟹之兴"。宋人会吃会想，而且《山家清供》中记录的这做法听起来也不算难，哪天要用这个试试。后来还有个类似的，清初文学家朱彝尊《食宪鸿秘》也记载了个取螃蟹肉加调料然后放在别的东西里蒸的吃法，它们是放进竹筒里蒸。花样百变，增添的美味也各有不同,但其实,就像李渔说的,"蟹之鲜而肥,甘而腻,白似玉,而黄似金,已达色、香、味三者之至极,更无一物可以上之"。的确,螃蟹本身的味道加以清蒸,就已经足够好吃了。

一道菜都值得这么些人历代来回地研究,足见对许多中国人来说,吃可真是日常头一件大事,美食更是不少人重要的人生追求。当日晋朝张季鹰见初秋风起,思念家乡吴中的莼与鲈,忽然了悟"人生贵得适意,何能羁宦数千里以要名爵!"然后就借此辞官回家了。张翰好的是家乡那一口江南菜,而宋朝人钱昆在外放为官之前,别人问他想去何处,他说道:"但得有蟹之处无监州则可。"后来"有蟹无监州"也成为一个重要典故,"监州"又叫通判,是宋朝时朝廷用来牵制知州的一个职位,谁做官想被别人牵制呢?所以希望无监州是大大的官之常情,而能与之匹配的,就是吃蟹了。

爱吃真不是什么坏事,有吃货属性的人,总显得比其他人有生活情趣。就像《世说新语》中说的,"一手持蟹螯,一手持酒杯,拍浮酒池中,便足了一生!"

## 银杏千年

每年秋末都要进山看树,今年没去成。

但看到照片,古观音禅寺里的那株银杏叶子已经落完了。这棵树名声大噪是这几年的事。古观音禅寺是古刹,自贞观初年起就有规模,千年来虽经波折,到底香火不绝。这样的寺庙在终南山中有很多,如今却只它因树成名。寺庙所在的村庄车能直接开到,未到山门就能看见它,等走入寺中,就连佛殿下的风檐雨铃,也被它铺天盖地的秋色笼罩。古树背靠着的秋山,如有父庇护,林下的根系又有千年古泉滋养,如有母润泽,还有自植下那日起历代山民僧侣的保护。人们还不满足地为它添上传说,称它是当年李世民手植,这当然难辨真假,但它确实在这里矗立了一千四百年。

听附近的村民说,在这棵树成名之前,一年一年,他们远望它从青到碧再成金,和一天天的日升月落、一年年的春种秋收一样平常。当时寺中僧侣还允许他们随时去树下，肆意与它亲近，陪着寺中僧侣在树下坐禅。"但谁没事会专门去庙里看树呢？"一些村民至今仍不觉得这株吸引人们纷至沓来的树究竟有什么好看的。不过古树已经被保护起来，游人如今只能隔着距离，远观它在苍山环抱下的热烈与恣意，仰视它在千百个春秋轮转中的博大与宽和。其实人们一波波的远道而来，应该不只是为了看银杏，或许他们更想看的是"千年"，还有比千年更长的恒定感。当地人对老树的爱护得到了福报，如今一到银杏季，不仅禅寺中香火旺盛，就连周边的村子也连带着热闹起来。

相比之下，辋川山谷中王维的那株银杏就要沉寂得多了。很喜欢王维留下的辋川氛围，所以每季闲时，常会驱车几十公里，去往飞云山下的辋川河岸。车从白家坪上去，穿过几个隧道，一直能开到当年王维亲手种下（我觉得是）的银杏树前。我见过它的各种模样，早春被千万片小叶朦胧出的青雾，盛夏时俯身欲泻的浓碧，隆冬时枝条安眠的萧索和秋时的全然舒展开的璀璨。这是被天地安养的生命。多少次来都会觉得遗憾，原本这株银杏树的所在之处，要比观音禅寺更为幽静，山水形态也更开阔。可惜如今老树边废弃着的一排工厂厂房，结结实实地压在当年王维的辋川别业故地之上。

当年王维将自己的别业舍为鹿苑寺，寺庙自毁于唐末的战乱后，就再没被复建起来。听说在这些厂房建起之前，当年的遗物还大量被堆积在地表，但现在当然是什么也不剩了。就连寺前的这株银杏树，也因修路被砍去右侧大块旁枝，削去了五百年的气象。当时这里的人们选择了牺牲这块地方这棵树，自然也就享受不到古树的恩泽。所以即便同为千年银杏的黄叶季，这里也是人迹罕至。草木有灵，或许它什么都是知道的，它会记得一千多年前，诗人天天穿过庭院来给它浇水，记得诗人去后、鹿苑寺里暮鼓晨钟，它还知道寺院后来是如何倾毁，记得自己在这深山松林中独守过的千年寂寞……它全部都收在眼中。"文杏裁为梁，香茅结为宇。不知栋里云，去作人间雨"，王维一千多年前在这里写下这首诗。《辋川集》里的文杏馆少有人来，而眼前的辋川，如今也是空空荡荡的。不过这样也好，辋川山水，原就适合这种空荡。

霜降后，老城墙下的银杏新老，顺城巷深处，开始默默凝聚出新的面貌。沿着古城墙的几条街全黄了。古城中需要这样的角落，每回看见，眼和心都同时被照亮。被银杏一比，城中其他植物虽也色彩斑驳，但总觉得像被蒙了一层灰度，恹恹地等冬眠。这么说似乎有些不公平，但此时的银杏树实在耀眼，积蓄了三季的力与美，都要等此时的释放。寻常道路也被它染得兴奋起来，以至于它在春的葱茏，夏的茂盛，通通都被遗忘。

你不由得就会驻足仰头，看团团的扇形叶片被秋风凝在枝头。一道道细纹随着青黄的渐变从扇柄处荡开，深秋的蓝空给它打底子，一扇一扇就像被绣在水裙上的锦纹。起初是金碧杂糅，等到霜降后，颜色一天比一天纯粹，色调一天比一天明亮。仿佛它们也经受着人世的轮换规则，起先青葱懵懂，而后是浓碧圆熟，再经过岁月青黄交接的涤荡和喜结白果的收获，最终沧桑阅尽，复归于一片纯粹的金黄。

银杏是古老的树种，寿命又长，所以就连开花结果这种事，也被它太久的生命扯慢。银杏树从种下到结出果子，往往需要几十年，所以它也有"公孙树"之称——"公种而孙得食"。由孙到公，成公得孙，代代轮回更替，你我皆是行人。只有这古老的银杏，不断为它的寿数加上零头。你来之前，你走之后，它们一直都在。

# 玄冬

元日
寒水
冬至
围炉
柿
酒
冷香
终南
腊八
消寒图
雪
更漏

## 立冬，柿柿如意

立冬后，城中街道上的景观柿子树终于也掉光了叶子。之前一直盼着的，霜降后气温降得那么厉害，远郊乡村比城中更冷，秋风早些就凋光了那边的柿子树，城中却不见动静，兀自叶果驳杂着。柿子树既结了果，还是要落光了叶子才好看。北方农村的人家里常种柿子树，深秋时节，隔着老远就望见道旁一条条秃干上满满当当挂着柿果。春夏你似乎觉不出它们的存在，唯独到了深秋初冬，老墙和黛瓦旁不时就探出这一树明晃晃没有杂色的红，星星点点，漫不经心，但却装点出过年亮灯笼时才有的热闹。原本有俗话这么说："霜降不摘柿，硬柿变软柿。"这是在提醒人们，霜降前后是柿子的成熟期，此时的柿子最美味宜人。但这些年家家户户的生活都好起来，柿子产量又多得吃不完，所以家门口的柿子，人们也就不急着打它下来，任它们在寒天里的枝头上继续圆得喜庆、红得招摇。

柿子挑人，不爱吃的嫌它甜腻得过分，不是苹果香梨的那种香脆清甜，但爱吃的就情不自禁了，搁到常能看见的地方，一天都舍不得不吃。柿子品种很多，如果细分下来几乎能数出几百上千种，但一般人们只依据它成熟前能否自然脱涩，将其分为甜柿与涩柿。我国的柿子大多属于涩柿，摘下后不能直接吃，而是需要先脱涩。小时候的柿子季，常见母亲"温柿子"来脱涩，将成熟的鲜柿子用温水浸上一夜，原本还有些生硬的柿子就变得温软起来。拿捏过软硬，挑出最软的那个，先撕开它的薄皮，手上用点力轻轻一挤，唇齿再哧溜一吸，蜜一样的汁水便连同鲜红的果肉一起滑到口中，温甜之意从唇边一直渗到舌尖上。柿子的甜味和人没有距离感，隔上许久再吃也还是那样熟悉，但柿肉比起其他水果来却像是有些脾气，总不肯轻易地服帖，即便碎成了丝丝缕缕，也能叫你尝出它的劲道。这是在一秋的风霜中酿出的韧，即便是"软柿子"，那也不是好捏的。

霜降后的柿子最好，这个时节的柿子，个大色美、皮薄汁甜，这是它一年中最黄金的时光。小时候跟着母亲去买菜，每年的这个时候，市场上到处可见一车车的红柿。鲜红得刺眼，仿佛这时节所有的丰美，都凝结在它们泛着暖光的薄皮之中。印象最深刻的是临潼产的火晶柿子，小红灯泡似的，一个叠一个地摞满一竹筐。这是我们当地产的火晶柿子，外面看鲜红似火，一剖开则莹润如晶，虽说是水果，但长得如珠如宝的，故而得名。这种柿子在古籍中有载："朱柿出华山，似红柿而圆小，皮薄可爱，味更甘珍。"是柿子中的珍品。近两年好像没再见到这种柿子，也没有特意去找，或许超市里也有，只是被搁在琳琅的货架上，再没有记忆中那么显眼了。

时节的演替总为一切都安排好了因果缘由，应季食物，对当季的人体往往最为相宜。秋冬干燥，人体需要水分润泽，清朝《随息居饮食谱》里说："鲜柿甘寒，养肺胃之阴，宜于火燥津枯之体。"甘甜清寒、润肺生津，一个柿子下肚，十足的秋燥也去了七八分。吃完后柿蒂也无需扔掉，洗净后储存起来，偶尔反胃胀气的时候取来煮水服用，有降逆顺气的功用。但吃柿子也有讲究，柿子性甘寒，每天吃上一两个足够滋补，再多吃于身体无益。空腹或吃过海鲜，也不宜吃柿子。此外，尽管柿子的果实果蒂都于人体有益，但柿皮却是吃不得的，否则当中的鞣酸进入人体，会引发疾病。这些细致入微的损益，也不知前人要如何精心才能发现的。

于是立冬前，人们会将多余的柿子做成柿饼。柿饼是著名的传统小吃，甘甜绵软，筋道耐嚼，比起鲜柿子来更是别有一番风味。凡是柿子的产地应该都有柿饼，但以火晶柿子为原料，又掺杂了黄桂、核桃等辅料做成的黄桂柿子饼，最为闻名遐迩。因为做柿饼需要日晒，熟透的柿子因不断吸入阳光的缘故，当中的寒性渐渐消弭，因此柿饼比起柿子来要温和许多。虽不再像挂在枝头的柿子那般丰盈，但扁扁的柿饼们层层叠叠地摞在一起，看着也很喜人。北方的农家还喜欢将它们串在一起晾晒，红彤彤的一串串在风中晃动，将灰白的秋冬划开一道道缝隙。除了美味可口，柿饼也有很好的药性，不仅能如鲜柿润肺生津，还有健胃补脾、止泻止血的良效。我还很喜欢吃柿饼上的那层白霜，抿在嘴里，有金风玉露的清冷甜味。那是柿子在干燥过程中析出的葡萄糖和果糖凝结而成的，这为它带来了些许沧桑的意味，让它像经历了世事、却对过往的风霜浑不在意的老人。

因为有着"柿柿（事事）如意"的吉祥意蕴，即便在城中更多只是作为景观树，人们每每看到也会愉悦起来。那天和先生路经一株柿子树，先生突然仰着头停下了脚步。"怎么了？"我也停在那株柿子前。"想起老家那棵了，这些年人都陆续出来，也不知道它还在不在。如果在，比这要高得多了。"他比画了一下，望向枝头的神情有些悠远，显然是陷入关于童年和故乡的某些回忆中。我随着他的视线看过去，时节匆匆，霜降转眼过去。冬天到了，柿子树的叶子也落尽了，但此时枝头还余有红彤彤的一片柿果，星星点点，真是好看。

## 寒水静

小雪节后回了趟老家,一座清秀的山水小城。汉水穿城而过,在城边打了个弯后,又蜿蜒东去。从小就养成的习惯,在家几天,有时间就会去河边晃荡。有时河东,有时河西,有时桥下,有时湾曲,有时跑远些直到坝上……入冬后的江水边虽然不如春夏秋里的颜色热闹,风云烟雾也不像雨季时的多变,但好在江寒水静,人声稀少,最得空旷之情。

很喜欢水,也喜欢看水,不论江河湖海、池涧泽泉,每一种都喜欢,也各有各的好看。水在四时中一直变化。"春水碧于天,画船听雨眠",春水温润;"泉眼无声惜细流,树阴照水爱晴柔",夏水幽谧;"秋水时至,百川灌河""落霞与孤鹜齐飞,秋水共长天一色",秋水明净。而到了冬天,天地间万物沉寂,目之所及的一切节奏都慢下去,人走在河岸边,再不会因乱花迷眼，萧萧落木的沙沙声也弱下去，忙碌了许久的视觉、听觉与嗅觉得到暂时的停歇，你终于可以专注地去凝视河水流逝。你没留神时天上就下雪了，不知道从哪里飞来的幽凉的雪片，在河上飞了一圈，还是不得不沉入冰凉的冬河。但却有味道留下，雪花与河水混合出的干净苍茫，这是只属于冬天的气息，和其他任何时候都不相同，偶尔闻见，只觉得心满意足。

小时候读《诗经·采薇》，当中有这么两句："昔我往矣，杨柳依依。今我来思，雨雪霏霏"，这个场景应该就发生在冬河之畔。为什么呢？只因此处春时有依依杨柳。诗里的杨柳边，总要有水才合适。但杨柳在冬天却妩媚不起来，冬天的河水气质孤清，蓝天、碧树、红花与黄叶的斑斓映不进去，只有雾雪朦胧的凄迷和寒烟衰草的冷寂，被一并封入这冰凉的微澜中。对着这冬日的微澜，有些人只能远远旁观，比如我，而有些人却能将它打破，比如河中冬泳的人。

小雪节后，气温和水温虽低过了17℃的临界点，但也还不算太冷，天晴时阳光也还充足，是适合冬泳的时候。冬泳绝不是大多数人能够驾驭的运动，寒天冷河，听起来就让人瑟缩。但户外游泳的确是很好，江河中天然的各种矿物元素、户外新鲜空气里的负氧离子还有日光中的紫外线，全都能通过这项运动滋养人体。比起普通游泳，冬泳又添了一层冷水浴的好处，当泳者全身受到冷水刺激后，周身血管会急剧收缩，将血液吸入内脏器官之中，扩大肺腑等处的血管。而人体为了抵御严寒，又会自然地扩张皮下血管维持体温，使得血液又流回体表。这样一来，血管就能得到充分的锻炼，不仅极大增强了血管的弹性，也给人的心肺、肠胃、皮肤等处带来不少益处。此外，当人身处冷水之中，为了抵抗寒冷，身体还会自动分泌出令人振奋的激素，人心中的意志也会被调动出来，潜移默化中变得更加坚毅、乐观。不过，冬泳好处虽多，却并非是人人皆宜的运动，即便有再高超的游泳技术，下水之前，也需量力而行。而小雪一过，就到了天寒雪盛的大雪时节，气温骤降，河水的冷度就不再适合大多数人去挑战了。

我从来没有去挑战冬泳的勇气，掂量过自己的身体，再想想冬天河水触肤的刺冷，怎么也不愿让自己浸进去，只有敬而远之。但冬天里，也有我渴望靠近的天然水，不光渴望靠近，想起来就觉得温暖，一旦跳入，顷刻就能舒展四肢百骸的。这样说就很好猜出了，没错，正是温泉。秦岭山脉连绵，温泉众多，其中以骊山之下华清宫一带最是有名。当年杨贵妃"赐浴华清池"的旧事，就发生在此处。加上附近还有秦始皇兵马俑等著名景点，什么时候这都游人络绎。平时当地人是想不到要去凑那个热闹的，但一入冬，尤其在一场有存在感的雪后，去骊山泡温泉的人就明显多了起来。

《博物志》中提到过："凡水源有硫黄，其泉则温。"不只硫黄，像朱砂、矾石之类的矿物，都是温泉形成的成因。温泉好处众多，许多保健功用与之前冬泳所提到的重合，还比之更加温暖舒适。如果没有条件或意愿去冷水中锤炼意志，不妨选择这种温和的方式展展筋骨，祛祛体内的寒气，消除一身的疲劳。骊山下千米处有断层，温泉水正从中溢出，常年43摄氏度的泉水淌了几百万年，至今仍不绝，被赞为"天下第一温泉"。因这温泉的缘故，周秦汉唐历代君王都曾在此营建宫室，以便冬日巡幸。唐玄宗就常在每年小雪前后，带着杨贵妃来此泡汤避寒，直到次年春暖才返回长安。

如今，人们虽享受不上帝王的离宫别馆，但附近的酒店园林也泉出同源，甚至山底的农家小院也是好的。泡温泉一定要在户外，在露天的池子里，将身子沉入这温暖的冬水中，只把头和手剩在外头。北风裹挟着纷纷细雪，穿过眼前的雾气蒸腾就不见了痕迹，人在汤池之中，望着近处沉寂苍然的冬山上未枯尽的枝干和没落光的柿果，突然意识到冬天竟过去这么久了。有时虽不下雪，但因天色灰蒙，传说中"入暮晴霞红一片，尚疑烽火自西来"的骊山晚照也是不容易看见的。好在有时还是能见到残阳，血点一样，顺着山脊滑下去。"寒藤老树，蒙络摇缀，而汉唐之离宫别馆咸在，斯则华清之奇观。"一直觉得骊山最好的时节就在冬日。千年风致和人声鼎沸都淡下去，才凸显出山形与温泉依旧。

## 天欲雪,能饮一杯无?

千年前的某一个冬夜,白居易取出一坛新酿的还没来得及过滤的米酒。眼看窗外暮色苍茫,大雪将至,他突然思念起自己的好友刘十九,于是便捎信给他:"绿蚁新醅酒,红泥小火炉。晚来天欲雪,能饮一杯无?"白大诗人实在会勾人,这反差也做得太好:外面天寒地冻,风雪逼近,我家有酒新酿,有火初生,有人静候。想都不用想,刘十九收到信,肯定忙不迭地起身,赶着做"风雪夜来人"。而这二十字勾勒出这隽永有情味的一幕,也让千载之下,酒与雪天有了种天然的契合感——既然天欲雪,来喝一杯吧!

我不喝酒,但平时亲朋欢聚,偶尔也会小酌助兴,醉上一场,将身体短暂地放空,再不理寒暑切肌、利欲感情。如今赶上这霜天雪夜,更该喝杯酒来暖暖身子。咽一杯酒下去,一团火从喉头一直窜到腹中，这是酒性大热的缘故。"大寒凝海，惟酒不冰"，可见这股子烈性的厉害。白居易在雪夜邀人来家喝酒，就是知道酒有让这霜天雪夜，变寒为温的效用。"雪花酒上灭，顿觉夜寒无"，见一百次也觉得神奇。《本草纲目》中也曾专门指出，酒能"和血行气，壮神御寒"，有节制地喝，是有益于身体健康的。酒还为这个时节带来了特别的仪式感，屋外风急、雪密、路远、心迷，家中却有酒、有人、有光、有热，这不是谈奋斗思进取的时候，而是你"莫思身外无穷事，且尽生前有限杯"的时候，一年来身里身外所有的承受与不堪承受，此时再记不真切了。雪天里的三杯两盏酒，不只是酒，也是神思离离、暖意融融与温情脉脉。

中国人在酒里浸润的时间太久，甲骨文中就已经有了三种酒的名称——第一种就叫"酒"，指的是"旨酒"，《诗经》中"我有旨酒，以燕乐嘉宾之心"的美酒；第二种叫"醴"，指的是甜酒；还有一种"chang（古字今已不用，音'畅'）"，是一种用香草与黑黍酿成的酒，味道香浓。而关于酒的发明者，最常听到的有"仪狄造酒"与"杜康造酒"两种说法，后来陶渊明等人总结了这些说法，认为酒是仪狄所造，后来又经过了杜康的加工，味道才变得完美。所以虽然仪狄作为造酒者的说法更有渊源，但杜康的影响却更大，后来甚至成为酒的代名词。

当然，酒的诞生绝对不是凭几人之力就能完成的，远古到

## 元·钱选《扶醉图》

这幅《扶醉图》讲述的是东晋著名隐士陶渊明饮酒的画面。画家钱选生不逢其时，恰值南宋社会江河日下的时代，毕生志向不得施展，更不愿接受元朝的招安，只得沉湎于诗画美酒，以『不管六朝兴废事，一樽且向画图开』的心态来逃避现实。因为有这样的心路背景，钱选以隐士为主题的画作颇多，他尤爱东晋陶渊明，一生曾多次为其作画。画中的陶渊明显然已饮至半醉，满面醺然，步履凌乱，衣衫大敞，『我醉欲眠卿且去』的率真与不羁跃然纸上。画家还细致展示了古代隐士居所中的种种细节，包括床榻、枕席、酒坛等。

底是什么情况我们如今也不得而知。但显而易见的是，酒自出现起，就以其浓郁香醇的气味和饮后飘忽忘尘的奇妙感觉而受人喜爱，"慨当以慷，忧思难忘。何以解忧？唯有杜康"。文士们更是将酒视作驱忧遣愁的唯一良药。最具大名的当属李白，总感觉他一生都是在醉着，少有清醒的时候。"天子呼来不上船，自称臣是酒中仙"，酒顺应了他恣情狂傲的个性，给了他不顾一切天马行空的自由。"天若不爱酒，酒星不在天。地若不爱酒，地应无酒泉。天地既爱酒，爱酒不愧天。"他言辞凿凿，爱喝酒，天经地义的事嘛。

酒刚被发明出来时，还曾一度遭禁。周公、曹操都曾下令限制百姓随意饮酒。但人们的味蕾一旦打开，想再让它回去，就不那么容易了。反正酒最后是没禁成，到了晋代，嗜酒甚至成为一朝之风。当时所谓名士，"不必须奇才，但使常得无事，痛饮酒，熟读《离骚》，便可称名士"。如今我们熟悉的竹林七贤，人人都以善饮著称当时。还有"造饮辄尽，期在必醉"的陶渊明，家贫没钱买酒，偶有白衣送酒，喝到将醉就挥手赶人走，"我醉欲眠卿且去"，潇洒得很，也不想着万一把人得罪了后头人家还给他送不。

今人也爱酒，比之古人来毫不逊色。亲近的人中，我爸就尤其爱酒。他平生最遗憾之事，就是我没给他找个如他一般嗜酒如命的女婿。印象里我妈对他这个嗜好意见极大，但我读过古人为酒的疯狂，对他多少还是能多些理解。但今天的酒和古代的酒却并不相同，古代的酒是由粮食作酒曲酿造而成的，属于低度的发酵酒，而如今的酒多是由提纯蒸馏而成的，浓度提升了几倍不止。就算是武松，如今也不太可能再三碗还过岗了。于是也时常劝着我爸，少喝点是有益于气血，但不能痛饮，就是古代那种低度酒，喝多了也难免"伤神耗血，损胃亡精，生痰动火，发怒助欲，生湿热诸病"，何况如今。还不忘给他各种讲例子，比如相传当年李白就是因为饮酒过度得了"腐胁（因饮酒过度而胸部溃烂）"之疾而死的。他虽然听得不耐烦，但好在自己也算节制，频率虽高，量却不多，家人也略微放心。

老爸还有独属于他的一份私藏，被他小心翼翼地摆在酒柜正中央，很偶尔才会取出来倒一杯喝。这是老家的亲人亲自做的酒曲酿成的，不名贵，对他来说却很珍贵。酒曲号称"酒母"，旧时酿酒，除了要有上好的黍米，还需要好的酒曲，才能酿出好酒来。麦曲、香泉曲、香桂曲、杏仁曲、白醪曲、莲子曲……凝结的是各色粮品的精华。造曲程序多样，以最常见的麦曲为例，每份用小麦一石，磨成白面六十斤，用活水和面搅拌，过程中再加上白术、木香、瓜蒂等药材粉末，然后用装着水的汤盆浸泡。再将泡好的汁液平分均匀拌在面中，然后再经过复杂的发酵、晾晒、通风的程序，曲料这才算做好了。这还只是造曲，前后还要经过卧浆、淘米、煎浆、合酵、上槽、收酒、煮酒等工序，才能真正酿出一瓮麦酒。酿酒的水也重要，自古名酒皆出自山川清秀、水质绝好之处，比如岷江水之于五粮液，贵州赤河水之于茅台，鉴湖水之于绍兴黄酒。父亲老家没有河流，酿酒取的却是黄河流域的地下水，这种水穿过厚实的黄土层自井中汲来，甘洌清甜。老酒不像工厂批量加工出来的那样清澄，倒在杯子里还有点白居易诗里的浑浊，但却有一种非程式化的特别的香。老爸每次都不舍得一饮而尽，而是就着杯沿小口小口地嘬，神情陶醉。

## 快雪时晴,佳

快雪时晴,佳。

给一个老朋友发微信:"小雪时节,长安大雪,思南山,倒床无眠。幸有微信不用写帖。"其实是字没练好绝不能让她笑我。

没几分钟她回:"已经小雪了吗?我都不知道,日子已经过不出时令了。"

"快雪时晴,佳。想安善。未果为结,力不次。王羲之顿首。"约一千七百年前的东晋,一场快雪过后,天色忽晴,书圣王羲之看着雪霁后明亮的景致,心情愉悦,于是想起来他的好友山阴张侯,就写了这张《快雪时晴帖》聊表问候。寥寥二十个字,并没有说清楚是什么事,但却让我们后人知道了千百年前有那么一场雪后初霁,其时景色甚"佳",让书圣看了很高兴,还想到了许多从前的事。

小雪那天，跟应景似的，也下了一场雪，只是不是快雪，而是纷纷扬扬地飘了一整天。小雪是二十四节气中的第二十个，到小雪时，一年就快结束了。《月令集》中说："小雪，十月中，雨下而为寒气所薄，故凝而为雪。小者，未盛之辞。"在漫长的时间里，古人们一直认为，风霜雨雪是天地之气作用于天的结果，"阳气散而为雨露，雨露结而为霜雪"，而霜与雪之间也有差别，霜是天地的清凉气，雪是天地的严寒气。小雪这天之所以会下雪，是因为从这日起，大地就要开始真正严寒起来，但是还不是很冷，所以雪也不会非常大。

雪很奇妙，无香无色，却因在万物沉寂的冬天，所以奇异地反而很有存在感。尤其是在百无聊赖的冬夜里，若是来一场雪，便能给人们带来好些韵致。除了"忽如一夜春风来，千树万树梨花开"的惊艳，"柴门闻犬吠，风雪夜归人"的欢喜，还有"江国，正寂寂，叹寄与路遥，夜雪初积"的怅然怀想。《世说新语》中就记载了王羲之的第五个儿子王徽之某个雪夜酒后的一桩逸事。和他爹所见的快雪时晴的景致不同，这是一场夜雪，或许这样的夜晚总没法睡得太沉吧。因为窗外总有声儿，白居易不就"夜深闻雪重，时闻折竹声"么。总之王徽之醒了，然后就命人取酒来。酒后望着庭院里皎然的雪色，怅然之余，和他的父亲王羲之一样，也突然想起自己的好朋友。只是比起他父亲，王徽之是一个有些任性的行动派，他思念的朋友叫戴安道，当时在剡州，于是这厮

**南宋·马远《雪景四段卷》**

马远的《雪景卷》是很喜欢的雪景图,画面上以留白造雪,塑造出一派空灵缥缈的琉璃世界。沉浸于这样的干净安宁间,无须太多的语言。

那我也要看雪。远的不行，就在身边看看。去辋川山谷，去终南深处，去沣峪净业寺，还有前两天，去蓝田白鹿原。看雪不比看花，所去之处多少还是有危险的，丈夫嘴上嫌弃，但再忙也都会陪着。

如果把夫妻间的这点温馨写入小说，我可能会矫情地写下这些文字："冬末初春，雪山在最早开放的山桃林中消融的时候，他都会陪妻子去看雪。"文字和图片释放最大的浪漫，回头想起，只觉得甜蜜满足又不好意思，因为丈夫是个务实的人，他自己绝不会去做这些事。但是他却说有时也觉得挺有趣的，言辞诚恳，看着不像是安慰。

十年，这么长的时间。多少新旧交替，别说人事，就连旧照片里雪景所在之地，也早不是当时的模样了。但三十岁和二十岁毕竟不同，当年希望得到的，通过辛苦的建设都在一一搭建，过了那短暂的兴奋期，也不过就是这样。而曾经紧紧抓住的那些也在慢慢流逝，以为会发生的迷茫慌乱却没有发生，就顺着生命的轨迹，享受春种秋收的坦然。我也不愿意回二十岁，如今这样就很好。年少时所有的期许和惧怕，哪怕再浓烈，后来真遇到了，其实也就是平铺在生活的各种滋味中。很久后回想，甚至都不及回想起这些雪景的感动，原来这些年，先生竟陪我看过这么多场雪。

虽然就算一个人我也还是会去看雪的，但有他陪着，将来可以一起说道回忆，到底还是更好些。

## 岁寒雪后，终南深处的松柏竹

小寒后又下了一场大雪，雪霁之后，站在高楼上往城南望，很短的一瞬间，瞥见了终南山苍色的一角。突然想起南山草木，此时不知是怎样一幅景象。实在按捺不住心中的向往，索性偕友再进终南。极致天气后的山河呈现出极致的美，置身其中，你只化作沧海中的一粟，再想不出多余的语言。幽静的山道被雪压住，林中木叶早被凋尽，宿雪一道道积在枝杈上面。天地像被这深冬的一场大雪收去了其他颜色，只留下枝干写意的黑与积雪纯粹的白。群山无声绵亘，目所能及处，苍青色的远山似与天接。三面佛伫立于山心，在这没有纷杂的画面中，愈发显得宝相庄严。这幅黑白水墨，直至净业寺的山门前才被划开一道缝隙。一株浓碧的老松潇潇然立在山崖边，簇簇松针被山雪所洗，又映着背后的远山，显现出平日看不到的沉郁与苍翠。我们在山道边驻足，千年的古寺在它身后，一川的终南雪在它面前。它倾垂着身子，像是在听群山的倾诉，又像在旁观四季的轮回。常进终南山，净业寺也来了好几次，却是第一次注意到这松树，或许正是因为这时节。古人曾道："岁寒，然后知松柏之后凋也"，果真是这样。

松树是气质沉静的树木，单看"松"的字形——"十八公"，也能感受到这德高望重的气派。松树也被称为"百木之长"，古人言"苍松古柏，美其老也"，青葱烂漫不与它相配，须得是这饱经风霜的沉稳，才相得益彰。而眼前这株松树，咬定青山，根系扎实，它四时不改的枝叶，此时披上了终南的白雪，更染风霜意味。它像是不在乎人们从哪里来，只扎根在此处，看着山河依旧，丝毫不知道繁华在山外如何更迭。

松树终岁浓碧，处变不惊，人若立于松下，气质也会变得清澈起来。《世说新语》中写嵇康，说其人"爽朗清举""肃肃如松下风，高而徐引"，气质清冷严正得如同松树间沙沙作响的风声，高远而悠长。如果你亲耳在山中听过风过松树的声音，就能明了此言中的赞誉。风过林中，万木皆动。叶子硕大的，其声阻塞；枝叶枯槁的，其声悲怆；叶子柔软无力的，其声沉闷不扬。而万木之中，所宜风者莫如松。清人张潮曾道："山中听松风声，水际听欸乃声，方不虚此生。"觉得它是世间最美的声音之一。这与松树的形态关系密切，松树"干挺而枝樛，叶细而条长，离奇而高耸，潇洒而扶疏，蓬松而玲珑"，这样的形态，使风能够直接冲刷而过，不会受阻滞塞，于是才使得松风声酣畅，快如飞沙走石，轻似草虫切切，若大若小，忽远忽近，恍如世外之声。

北宋王安石《字说》中说："松柏为百木之长，松犹公也，柏犹伯也。故松从公，柏从白。"于是在雪中，孤清的松树就不会寂寞了。在距老松不远处，沿阶而上不久，就能看到寺中一株老柏高大的树冠，而它探出围墙的部分，已因雪白头。和松的锋利比起来，柏树的外表很平淡，但这种其貌不扬，却让人觉得安全而宽厚。柏树似乎比松树更加常见，公园、小区或是街道旁的花坛里，只要你想，哪里就都能寻到它们的影子。但即便占据再醒目的位置，它也只是终年沉默地绿着，不被人留意察觉。唯一的变化，可能就只是不间断地冒出些玲珑可爱的浅青色小果，被淘气的孩童握在手中把玩。印象中，柏树尤其常见于陵坛寺观等肃穆之地，人们取其"长寿常青、芳香不朽"之意，为这些寂静之地渲染上恒久的时空感。于是它便成了一种气质很严肃的树，这个时节，净业寺庭中众木沉睡，只有它，与眼前雪后的深山古寺相得。古柏下有株蜡梅，正是将开未开的时候，古柏后的大殿中佛光悠悠。有风穿堂而过，柏叶上的雪便随之纷扬而下，竟像是又一场新雪。时节竟在草木中留存下这么浓的古意，"后来富贵已零落，岁寒松柏犹依然"，是繁华落尽、返璞归真的味道。

岁寒时节的还有一抹绿是不会被忽略的，它在"岁寒三友"中与松并绿，苏东坡曾言不可不与之居。不错，此木正是竹。宁可食无肉，不可居无竹，无肉使人瘦，无竹使人俗。尘中居都如此，何况世外的山寺之中。一入山脚下的山门，道上不时就有一丛丛竹子出现。比起松柏的沉郁，竹子的绿要显得明快些，并且也没有松柏那样恒定的浓碧，它还染了些来自秋意的黄，这反倒让它显得明丽。有几种植物，已在中国古典的文化中浸润了太久，人一看到它，欣赏其形还在其次，后面的象征与氛围倒先冒出来。竹子就是这类植物中首当其冲的一批，自古文人画者引它入诗入画，有它在的地方，天然就会有种淡化时空的古意。此时老僧在竹边扫雪，篱下有竹笋冒尖，你走在林间，忽听"啪嗒"一声，原是沉雪折竹，一进寺门，一眼便望见一丛竹子静立在"律宗祖庭"的碑石旁。一切都像是准备好的。于是，自然而然地就和王维的那句诗遇上——"隔牖风惊竹，开门雪满山"。那一刻我突然发现，过去与现在的终南山，过去与现在的四时，其实没有变化。你自囿于城市中周而复始的一切，但在山中，天地间自始至终就具有的一切，依然在安静而有序地继续发生着。

　　岁寒雪后，终南山里的松柏竹，使我的又一个岁时的仪式感至此完成，于是这个冬天再没有什么遗憾。

## 冬至,昼与夜的辩证法

在渭南开会一周,冬至就过了。冬天的秦中萧瑟得很,没想着去渭水边走走,不知道河床是不是已经干涸,也不知道往返沿途所见的是不是华岳。路上怕无聊带了本版权书,很能想,很会写,风评很好角度也独特,但我不喜欢,我无感于读来无情的文字。像面对一个很聪明的外乡人,你知道他或许高明也或许正确,但就是亲切不起来。

会后去参观一个纪念地。大巴车把人载到秦中最常见的那种山中,一群人爬了挺高的一个坡,在大门前有两棵老松,遮天蔽日。我站在下面看碑石,知道在烈士埋骨之前,这里曾是个修行之所。北方冬日,树木线条疏朗干净,我在心里虚拟着练线条,身边有妇女在庭院中腌浆水菜。离开前在停车场的标志牌上看见三处地名——涧峪、云寂寺、蕴空禅院。意外之喜,附近竟曾有过这样的地方，看名字又幽静又让人喜悦。

既来到渭水边上，还是很土地想起贾岛那句著名的"西风吹渭水，落叶满长安"。这氛围许多人都有共鸣，常被拿来各种引用。但它并不附着在山川建筑上，只有当你身处某个情境中时，才会有那种虚幻、落寞又牵念的感觉。而这氛围，因为挂念父母女儿，担心丈夫，还有牵心小书房里没做完的那几桩事，在这个一年中最长的夜里，被我得到了。

冬至这天，"一阴下藏，一阳上舒"，虽然冬寒尚深，但是被压抑了数月的阳气却在这时悄悄苏醒过来。气息带来微妙的变化，加上旧年马上过去，新的春天马上要来。

古人用日晷仪下日影的长短来计算时间，"冬至、夏至，阴阳晷景长短之极，微气之所生也"。夏至时日影最短，冬至时日影最长，于是两者都是二十四节气中最早被确定下来的。至是极的意思，冬至，就是"终藏之气，至此而极也"。

《月令集解》里写到的冬至三候是——"一候蚯蚓结；二候麋角解；三候水泉动"。人们发现，蚯蚓能最早体察天地之间的阳气，在极寒的时候会像绳索一样和同伴交缠在一起，但却会在冬至这天"回首向上"，呈现出"屈曲而结"的样子。和夏至时的"鹿角解"相应，冬至时，"形如大泽"、性阴的"麋"头上的角也开始脱落。这些是地上的异动，而在不为人知的地下，泉水也开始涌动起来。

冬至有一年当中最长的黑夜。中国人很久以前就明白了"盛极而衰，物极必反"的道理，越是在看似极端处，就越能扭转出相反的意味来。"冬至，则阴阳离合之道行焉。"冬至是古人休养生息的时节，汉代将冬至定作"冬节"，在这个日子，朝廷放假，百业休停。《史记》中说："冬至前后，君子安身静体，百官绝事，不听政，择吉辰而后省事。绝事之日，夜漏未尽五刻，京都百官皆衣绛，至立春。诸王时变服，执事者先后其时皆一日。"和如今人们在节假日中的种种闲适不同，古代的冬至节有种庄严肃穆的意味。"以冬日至，致天神人鬼"，人们停下手中的工作，安身静体，以很强的仪式感来度过这个特殊的日子。古时的重要仪式必定有乐，冬至这天，朝廷还会遣"八能之士"，"或吹黄钟之律间竽；或撞黄钟之钟；或度晷景，权水轻重，水一升，冬重十三两；或击黄钟之磬；或鼓黄钟之瑟；或击黄钟之鼓"。

作为一年中最有标识度的日子，冬至渐渐继续发展演化，到唐宋时，就已和新年"岁首"并称为古时最隆重的时节。隋炀帝杨广曾作诗，写冬至这一天宫廷里"缨佩既济济，钟鼓何锽锽"，仪典热闹。到了宋朝，"十一月冬至。京师最重此节，虽至贫者，一年之间，积累假借，至此日更易新衣，备办饮食，享祀先祖。官放关扑，庆祝往来，一如年节"。更换新衣，合家饮食，祭祀先祖，俨然一副"小年"气象了。这种仪式没有流传到今天，但是中国人每逢冬至吃顿饺子的仪式感却保存了下来。"元旦子时，盛馔同离,如食扁食,名角子(饺子),取其更岁交子之义。"更岁交子,有着辞旧迎新的吉祥意蕴。

冬深到极致,天气依然一天冷似一天,头顶的霾也还是沉沉的。但若参透了"至"的禅意,即便在不好的境遇里,也能为自己寻找到希望。就像冬至后,最长的夜过去,此后白昼就会一天天地长起来。

## 庭前垂柳珍重待春风

冬至日，收到好友寄来的新笔和九九消寒图。喜欢。十五年的朋友，夏赠回文扇，秋寄山海图，如今冬至还没到，就有人盼着和你一同数九。

晚上丈夫附赠菠萝饭和看娃福利，才说伸胳膊惬意一下，这父女俩就进来一通倒腾。无奈到一旁干瞪眼，可眼前的画面这样美好，最爱的人，还有暖气、网络、牛奶、琴曲一同相守。除了厨房还有一池子碗没洗，以及一家三口的笔墨都不忍直视之外，简直不能有更完美的冬夜了。

图上是北方消寒图最传统的式样，薄薄一张宣纸上面印着九个九画的字——"庭前垂柳珍重待春风"。此时天愈发冷下去，别说柳树，天地间大多数生灵都沉睡着。等待是这个时候的主题，晨曦在等待长夜，蛰虫在等待苏醒，花苞在等待温暖，候鸟在等待归来，亭前垂柳，也在默默积蓄着力量，等待来年春风又绿。

"庭前垂柳珍重待春风"，我是童年时在姥姥家中的墙壁上看到这句话的，九个字都是繁体，横竖三三，红色的楷体字落在有些泛黄的老纸上，展平后被玻璃框裱了，再端端正正地挂在墙上。当时还以为是姥姥摹写的她喜欢的诗，小时候常卧在外婆床上望着这九个字发呆，亭前、垂柳、珍重、春风，几个温暖又有点伤感的意象，就这么在心里写了无数遍。长大后，记不得哪一天就突然知道了，这并不是诗，而是北方旧时冬至日里的一种风俗，由姥姥的母亲在某一年的冬至后一笔笔亲自写下。这九个字既是一句诗意的话，也构成了一幅诗意的图，图名就叫"九九消寒图"。

冬至后要"数九"，是从古代一直延续到如今的风俗。"冬至日数及九九八十一日，为寒尽。"从冬至日算起，每九天算作一"九"，数够"九九八十一天"，凛冬的冷沉便会被春日的第一缕暖光刺破。按照传统的说法，"九"是最大的数字，代表着"最多""最大"与"最长久"。而这"最长久"，倒跟眼下这难挨的寒冷的气质十分吻合，四季时间原本等长，但比起严冬，其他三季总显得要性急得多，你扯都扯不住，倏忽一下子就过去了。但寒冷砭人肌骨，切肤的感受难以忽略。以前没有空调和暖气，这时节人要靠熬。不知是谁想到这无奈而聪明的办法，将无尽的严冬平分作有限的九份，比起不知终点地一天天等，这样一九一九地盼，多少可期一些。

谁能想象这种务实之下，竟会催出九九消寒图般的风雅呢？人在岁时里积攒下的耐心，全都凝聚在这样的精致中。姥姥墙上的九个字，是清道光帝时从宫中传出的句子，一句九言，一字九画，数九的八十一天里，每一天填过一笔，每一九完成一字，等到九个字全部写完，暖春便接踵而至。于是，那张斑驳的黄纸就不再是一张普通的字纸了，当年还是女儿的姥姥，曾竟亲眼看见母亲在这张纸上一笔一画地寄予下家族对岁时的郑重。

郑重是一样的郑重，但不同人所营造出的细节却各不相同。消寒图不只有文字这一种样式，还有花卉、图形等形制。寒冬雪月里描花样子，再没有比梅花更合适的了。《帝京景物略》中记载有北京城旧日的风俗，冬至日绘一枝素梅，上有九九八十一片白瓣，过一天则染红一瓣，仿佛春红渐染，等到数九过去，梅白就变了杏红。"试数窗间九九图，余寒消尽暖回初。梅花点遍无余白，看到今朝是杏株。"人们仿照着自然中温色的交变落笔，冷凝的时空也变得清润起来。区区几笔梅花图样，虽消不了室外的清寒，却消得了俗世中忙乱的虚寒。年关新旧交替、唯恐虚度光阴的不安落在纸上，也总算有了着落。据说旧时还有一种更方便也更浪漫的涂法，女子晓妆时，每日用胭脂一点，随意往窗上线描的梅花上那么一涂，叫"晓妆染梅"，很有旧日闺阁的缱绻风味。

当然，消寒图也不总是这么精致文艺的画法，以往民间还流行一种铜钱绘。没有那么多复杂的道道，这种图很实在，也

明·陈洪绶《南生鲁四乐图》

此图取唐代白居易《四乐图》中诗意,分为解妪、醉吟、讲音和逃禅四部分。每段皆有独立的题跋,书画相应,像是一组节奏明快、人物鲜明的速写。画面描摹的是文人隐士闲居之乐。有作诗与讲诗,云游与醉吟,坐禅与忘情,展现了很典型的中国古典士大夫的风神。线描流畅飘逸,有唐宋之风,设色清雅隽秀。

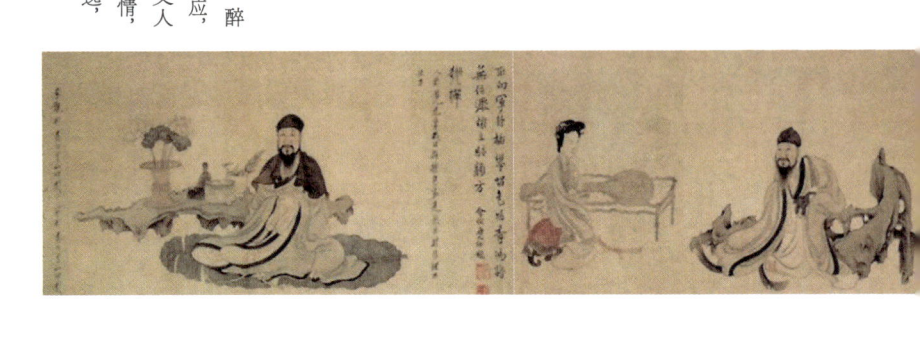

很有烟火气。九栏格子里每格有九个铜钱，按天数填涂，有些细致的人还会标识上天气——上阴下晴，左风右雨，雪当中，于是九九八十一天这样变化下来，整个画面就会变得异常斑斓好看。

尽管蕴藏着这么温暖悠远的生活趣味，但消寒图在如今确实很少能看见了。几年前似乎有种涂色游戏曾风靡一时，甚至还集结成纸书出版。精致的黑白线稿，再配上色彩齐全的彩铅，有的还会附以细致的配色指南，这样不需要什么美术功底，也可以轻松实现完成一幅漂亮的美术作品的成就感。我没有参与过这样的游戏，总觉得这属于人为营造的刻意，好看是好看的，趣味也有，但总不够自然。但谁幼年时还没玩过涂鸦呢？只是属于我的那份记忆，总与时序相连：春天被外头的青翠嫣红撩动，难免忍不住要在美术本的白纸上涂抹各种花花草草；夏日里伏在书桌上，手上沾着的冰棍的花颜色在白纸上烙下一个个爪印；秋天是粘贴画的盛宴，别的季节就看不到世间竟有这么多颜色的树叶！春的葱茏与夏的浓碧将它们遮盖住了，只有到了秋天，它们才会一股脑儿地冒出来，经过儿童的心手，被联系成斑斓各异的种种

事物。直到冬至，外界再不能给眼睛提供多余的热闹，万物萧瑟下去，天地间的冷气漫上来，再不安分的身体，也不得不回归到温暖的火炉旁。但画笔却不必停下来，小时候每年此时，姥姥都会带着我们绘制一年一度的消寒图。她从自己的母亲那里继承下的类似于"亭前垂柳珍重待春风"式的精巧，使她随时随刻都仔仔细细地经营生活。忘不了最无忧无虑的那些深冬，曾跟着她一起描过八十一天的栀子花、月季花和茉莉花的样子，偶尔还夹杂有书籍、鸟雀与风铃……她将她心爱的一切郑重地融作消寒图的新式样，手把手地传给她心爱的孙辈们。那些花样随着"一九""二九""三九"，一点点从苍白渡向斑斓，记忆随之扎向更深处，而那些逝去的时光，也在这无限温柔的变化中，悄然凝固了。

　　那种感觉就像什么呢？恰似亭前垂柳珍重待春风。

## 腊八粥,淡中有其真滋味

生日赶上小寒日和腊八节,多少有点特别。下班后和丈夫吃饭,烧烤店都不忘送腊八粥,丈夫笑着恭喜我,看来要迎来老天赏饭吃的一年。借他吉言。

吃完饭一起慢慢地从北关往永宁门走,和好多年前一样。害怕不害怕,不知不觉间就有了这么多"好多年前"。曾在城墙边住过快两年,那时两个人都没这么忙,下班了没事,总爱一起这样沿着城墙散步。生辰夜当然要找找仪式感,就沿着当年常走的路往回走,经过夜下城,看过梅间月,喝过桂花酒,买来七种花。然后回爸妈家吃完蛋糕,接回孩子。

是不太可能忘记的日子,虽然它这样寻常。那便再往时光深处探一探。关于小寒,《月令集》里这样描述这个节气:"小寒,十二月节。月初寒尚小,故云。月半则大矣。" 冬天开始进入最寒冷的时候，中国人也终于等来了农历的最后一个月。单是这样也不见得有多特别，特别的是今年小寒，恰逢腊八节。

腊八节就是农历十二月初八，中国古人将一年最后的一个月称为"腊月"。"腊"从字形上就能看出与岁时节候并无关系，东汉《风俗通义》中说："腊者，猎也，言田猎取禽兽，以祭祀其先祖也。"所以，"腊"和古时人们岁末祭祀之事有关，十二月因此得名。而十二月初八为腊日，被人们定为古代祭祀的重大节日——腊八节。这一天不仅要祭祖，还有五祀，就是要祭祀家中门、户、井、灶、室中溜五处。而其中最有名的祭灶神的习俗，直到现在还有一些地方保留着。

但其他的祭祀活动现今都不常见了，腊八节留存于今最有名的习俗还是喝腊八粥。这一风俗在中国延续了很久，《东京梦华录》中写南宋时的腊八节，其中最典型的一幕就是这个。"初八日，街巷中有僧尼三五人，作队念佛，以银铜沙罗或好盆器，坐一金铜或木佛像，浸以香水，杨枝洒浴，排门教化，诸大寺作浴佛会，并送七宝五味粥与门徒，谓之腊八粥。都人是日各家亦以果子杂料煮粥而食也。"在传说中，腊月初八是佛祖菩提树下成道之日，所以被佛门奉为成道节。当时所有的佛寺都会在这天清早煮粥供佛，并广送门徒。时值岁末，古时人们讲究在这时"合聚万物而索飨之"，也就是把很多事物合在一起囫囵吞下，很有点年终总结、调和万物的味道。《燕京岁时记》中记载了清代的腊八粥做法，其时这种粥已在中国延续了几千年，该是发展得比较完备了。"用黄米、白米、江米、小米、菱角米、栗子、红豇豆、去皮枣泥等，合水煮熟，外用染红桃仁、杏仁、瓜子、花生、榛穰、松子，及白糖、红糖、琐琐葡萄，以作点染。"且不说香和味如何，单想象这一碗粥斑斓的色彩，就很给人岁月交汇，万物融合的感觉，很适合腊八这个节日。

就像元宵节要吃汤圆，冬至要吃饺子一样，在腊八节里吃上一碗腊八粥，节日的仪式感就这么保存了下来。粥是中国人吃了几千年的食物，但人们平时吃的粥却不像腊八时这么多花样。人们日常饮食里主要还是以白粥为主，看着平淡无滋味，做起来看似也要比腊八粥要简单。但实际上却并不是这样，袁枚在他的《随园食单》里这么说："见水不见米，非粥也；见米不见水，非粥也。必使水米融洽，柔腻如一，而后谓之粥。"想达到"水米融洽，柔腻如一"的境地是不容易的，除了材料分量要把握好外，时候火候的掌握也是非常重要的，所以叫"宁人等粥，毋粥等人"，稍不留意，好好的一锅粥就味变汤干了。值得一提的是，有情致的人，就算在淡极的白粥中也能翻出花样来。宋代林洪的《山家清供·梅粥》中记载了一种"梅粥"，做法和白粥没大差异，只加了一点浪漫的小心机，"扫落梅英，捡净洗之，用雪水同上白米煮粥。候熟，入英同煮"。白粥的清淡和梅花的冷香相得益彰，同时还不破坏白粥的淡味，这种巧思，不是风雅极了的人不能理解，怪不得杨万里要作诗："才看腊后得春饶，愁见风前作雪飘。脱蕊收将熬粥吃，落英仍好当香烧。"

古人觉得，粥味平淡，但淡中才有它的真滋味。如果有时不想吃米，用些谷类豆类也是可以的。比如"夏用绿豆，冬用黍米，以五谷入五谷"，也是不错的吃法。中国人爱吃常吃，也喜欢吃。《后汉书》中有一个故事，说当年光武帝刘秀在战败奔逃、饥寒交迫之际，臣子冯异设法替他弄来了一碗红豆粥，使他念念不忘。大文豪苏东坡也有过贫老无依时煮豆粥吃的经历："岂如江头千顷雪色芦，茅檐出没晨烟孤。地碓春粳光似玉，沙瓶煮豆软如酥。我老此身无着处，卖书来问东家住。卧听鸡鸣粥熟时，蓬头曳履君家去。"虽然身在困窘中，但只要还有那一锅待熟的豆粥等着，就依然让人有底气悠闲自得那一刻。

虽然同是粥，但像那"为鸭粥者，入以荤腥；为八宝粥者，入以果品"的，就不太得人们的青睐了。人们觉得，这些看似取巧花样百出，但都失去了粥的正味。所以腊八粥这样的混合品，在特定的日子里作为仪式食品还好，要是让人天天食用，就不得宜了。

## 大寒天，冻不掉的小趣味

今日大寒，一年中最后一个节气。因为赶上新春将至，这时节显得有些匆忙。这匆忙里还有告别岁时的意味，春节后，新一轮的二十四节七十二令将继续循环。冬至后气候一天冷过一天，大寒又与小寒相对，于是《月令集》中说："小寒，十二月节。月初寒尚小，故云。月半则大矣。"这和夏至后的大小暑又互为极端。宋朝有位叫释道生的法师曾写过这样一首偈子："两曜劈箭急，一年弹指间。始见大暑小暑，又是小寒大寒。通身寒暑无回互，笑倒当年老洞山。"轻松道尽了自然加诸人世的极寒与极暑，但比起暑热，极寒似乎更让脆弱的人体难以承受，所以即便一层层地裹着还嫌不够，大多数时候，人们还是更愿意藏身于有暖气的房间中。

现代人们有各种抵御寒冷的手段，烧得火热的暖气就足够消除冬与春的分别。但在古时候，人们显然就没有这样的福利，那样的时代，古人虽时刻都在用心体会自然，但对自然的干涉能力实则非常有限。天地寒暑的日子里，人们大多是靠忍受、避走和一些很微弱的抵抗。北宋哲学家邵雍的《大寒吟》描摹了人们在大寒时节的情状："旧雪未及消，新雪又拥户。阶前冻银床，檐头冰钟乳。清日无光辉，烈风正号怒。人口各有舌，言语不能吐。"在这样天寒地冻的时刻，薄薄一扇房门根本隔不开屋外的冷冽。即便有"腊酒自盈樽，金炉兽炭温"，可依然是"朝披四袄专藏手，夜覆三衾怕露头"。"寒气之逆极，故谓大寒"，这可是真能冻死人的日子。照理说，人们都该本能地避开，但要仔细想就能发现一个非常有意思的事实——自古以来，许多人其实并不那么排斥冬日的大寒，有的人甚至还会有几分莫名的期待。

就像乍看到"暖香""冷香"，人们下意识地会觉得"暖香"显得有些过于浓郁，而"冷香"则更沁人心脾。冷香的代表是梅花香，国人对梅花的喜爱不必多说。尤其是雪后寻梅，千百年来都被当作"野客之闲情，文人之深趣"。但梅花要何时才能来呢？唐代高僧黄檗说："不经一番寒彻骨，怎得梅花扑鼻香？"这是"大寒彻骨"后头的惊喜，悠悠一袭梅花开，引得人"不管清寒与攀摘"，怪不得冷也不顾了。明人陈继儒在《小窗幽记》中写自己在极寒天里赏梅的意趣："黄昏月下，携琴吟赏，杯酒留连，则暗香浮动、疏影横斜之趣，何能有实际。"这种明明不像真的，却又给人极致的感官冲击的景致，除了这极寒天气，谁还能塑造出来？

大寒带来的惊喜何止这些，极寒之下，"四林皆雪，登眺时见絮起风中，千峰堆玉；鸦翻城角，万壑铺银。无树飘花，片片绘子瞻之壁；不妆散粉，点点糁原宪之羹。飞霰入林，回风折竹，徘徊凝览，以发奇思。画冒雪出云之势，呼松醪茗饮之景。拥炉煨芋，欣然一饱，随作雪景一幅，以寄僧赏。"人们在积雪的山中看雪、看冰、看朔风折竹，围炉烤火，喝酒饮茶煨芋头，整个身体都仿佛被这清萧之气洗刷干净了。怡然之余，再取丹青绘一幅雪景，寄予山僧。这样的好情致只在深冬岁余的大寒时节才有，人们当然珍惜。

那么，作为这好情致衍生品的"雪景一幅"，又当是什么样子的呢？每个人脑海里都会浮现不同的画面。清人李渔脑海中是这样的："人持破伞，或策蹇驴，独行古道之中，经过悬崖之下，石作狰狞之状，人有颠蹶之形者。此等险画，隆冬之月，正宜悬挂中堂。主人对之，即是御风障雪之屏，暖胃和衷之药。"这是一种相当高级的精神宽慰了，在能观赏雪景的室内，幻想着路上行人的风雪之苦，再回看自己的好处境，即便是冰雪交加的大寒天，也不会觉得太冷了。这是古人的生活态度，不管在什么情境中，四时有四时的真乐，不潇洒终为忙人。

当然，这些毕竟是文人的风雅乐事，不可能人人这样，大多数的百姓可能还是更希望这极寒的天气赶紧过去,才有利民生。就像白居易诗中"伐薪烧炭南山中"的卖炭翁,"可怜身上衣正单,心忧炭贱愿天寒",提起这个,不免又让人有些沉重了。

## 西风吹冷沉香篆

应该很少有不喜欢香气的女性。如今走在街上,和不同的女子擦肩而过时,鼻息总能迎来一次次的外来之客,顷刻间被不同的香气萦绕。我不喜欢太过于霸道浓烈的香气,每次这种高度提纯的气味灌入鼻中,脑子里顷刻就将它们同商场柜台后摆放的那些刻有英文字母的玻璃瓶联系起来。我喜欢清淡些的味道,更渴望接近和来自自然的香,能让人想起花木,想起云水,想起夏天的风,冬天的雪,想起一些怀抱的温度。

中国人用香已久,宋代丁谓《天香传》中说:"香之为用,从上古矣。"从先秦时开始,中国人就已经发现香的存在了。一开始应该是偶然的,中原地区的人们在劳动的过程中,无意间发现了那些好闻的植物。他们希望能经常闻到它,于是便记录了下来。兰、蕙、艾、白芷、香桂等,都是当时有记录的香草香花,《诗经》

中常能见到它们的踪迹。不同于中原地区原生的香花香草，在遥远的边陲，比如交州、广东、崖州及海南一带，则出产经过加工的香料品种。这些香品作为贡品等渐渐流入中原，比如沉香、檀香、龙脑香，等等。汉代后期，域外还传入一种叫作蔷薇水的香料，这应该属于早期的香水了，给当时常用香花香草的中原人带来了蒸馏提香的概念。因为一直是由域外传输，因此一直到汉唐，人们提及香，依然觉得它是南海等地的特产。直到再后来，香料的品种渐多，也越发普及开来，比较全面的香谱才渐渐出现。

香在古人生活中占的分量很重，它不仅是当时人用来美化生活的用具，更能修身养性、陶冶情操。香料多从域外传入中国，产量稀少，所以价格昂贵，不是平民百姓用得起的，因此在早期，多只能用来装点富贵人家的生活。这些香料的名称千奇百怪，龙脑香、沉水香、鸡骨香、乳香、苏合香、迷迭香、龙涎香、木樨香等，用词活泼又绮丽，尽管今人少识其味，但单从视觉上，亦都能感觉到这些香料的浓郁奇异。这些香料大多取材自域外的奇异花木，比如被誉为四大香中圣品之一的龙脑香正是来源于一种龙脑香树。各种古籍中这样记载这味香料："唐天宝中交趾贡龙脑，皆如蝉蚕之形""出波斯国，树高八九丈，大可六七围，叶圆而背白，无花实。其树有肥瘦，瘦者出龙脑香，肥者出婆律膏""婆律膏是根下清脂，龙脑是根中干脂，味辛香入口"。龙脑香是古代贵族常用的香料，因其品貌明净如雪，因此也被称为冰片。唐代时外邦曾给宫中进贡过这种香料，唐玄宗赐给杨贵妃，杨贵妃用这种香料熏衣，相传香气能达十余步远。隋唐之后，这种香料更是源源不断地从域外通过海上丝绸之路传到中国，李清照的名词《醉花阴》中的那句"瑞脑销金兽"中，写的正是这种香料。

各种香料流入中原后，古人渐渐不满足于单用各种香料，便开始制香调香。比如南唐后主李煜的"帐中香"，就有各种各样的调法。比如用"沉香一两（剉细如炷大），苏合香（以不津瓷器盛），以香投油，封浸百日……入蔷薇水更佳"，除了沉香，他常用的香料还有龙脑香、丁香、零陵香、甲香、麝香等。有时他想闻带有甜味的香气，便命人将梨汁加入香料中。还有著名的"花浸沉香"，更是要取来盛开的鲜花来蒸馏，再将花汁浸入沉香之中。小小的娱物，竟能花如此多的心思去琢磨，怪不得能写出那么多如"临春谁更飘香屑"般的词。或许只有整日浸在香与艳中的人，才能将香艳写得那么鲜活。这样的人能够尽情地挖掘生活中的美，可以做个富贵闲人生活艺术家，却不可能是一个合格的君主。

不惟各种品种的搭配，古代香料的形制也有各种讲究。"西风吹冷沉香篆"，描写的就是香的一种形制——篆香。篆是"篆刻"的意思，顾名思义，篆香能形成各种图案。它是把各种香料先磨成香粉，再用模子印刻图文。著名的"心字香"就是一种篆香，人们将香末用模子刻成心字，这就是"银字笙调，心字香烧"，还有纳兰容若的那句"心字已成灰",指的就是心字香烧尽成灰的模样。古代番禺人有种制作心字香的方法,"用素馨茉莉半开者著净器中,以沉香薄劈层层相间,密封之,日一易,不待花蔫,花过香成"。这个过程将自然和人力合而为一。篆香在古人的居室生活中还有计时的功效,既可以记录四季二十四气,也可以记录时辰。

跟今人大多在身上喷洒香水不同,古人玩香、品香、用香也都有特定的器具。比如以博山炉为代表的香炉、香盘、薰球、香囊等,大都精致无比。来自天然的香品被珍重地装入人们精心制作的器物中,随身携带,随时赏玩,这整个过程,由头至尾,始终是有香气的。

## 日晷影，更漏声

这几个晚上总是失眠，在格外寂静的深夜中，钟表指针走动的声音愈发显得清晰了起来。滴答，滴答，滴答，虽不至造成什么干扰，但听着这规律的节奏，神志却控制不住地越来越清明起来。原本无形的时间仿佛凝成了形迹，附着在这一下一下的声响中。

从意识到时间开始，现代人就会发现生活中到处都是表的痕迹。一件事到另一件事的过程，一个地方到另一个地方的旅程，有了能够计时的用具，本来不可控的好像也变得可控，本来无法触摸到的似乎也可以捕捉了。

这是人们对于掌控自己生活的需求，即便在现代科技覆盖不到的古代，人们也无法放任自己对时间的混沌。这是对生活的把握，更是对生命的安全感。汉代的《古诗十九首》里唱道："所遇无故物，焉得不速老？"人生来不能永寿，因而惧怕老和死，即便怕没有用，人们还是需要知道岁月是如何流逝，老是如何到来的。计时工具还没有产生的古代，好在天上还有日月，日升月沉的变化规律而明显，于是一天一天、一月一月的流逝便有了记录的方法，人们也因此得以看天知时。

久而久之，日晷产生了。如今我们仍能在一些大型古建筑之中发现它的痕迹，故宫正殿乾清宫前，就有一座巨大的日晷。雕刻精美的巨石圆盘上，清楚雕刻着"子、丑、寅、卯、辰、巳、午、未、申、酉、戌、亥"十二个时辰，一根笔直修长的铜针穿出斜指天日，阳光穿过晷针，在圆盘晷面上投射出清晰的针影，人们便根据这道针影来计量时间，"日晷"的本意，也正是"太阳的影子"。古代日晷有地平式和赤道式两种，地平式日晷的表面与地面平齐，指针与表面呈一个夹角，这个夹角也就是当地的纬度。而赤道式日晷的指针与表面则呈垂直向，但表面本身则与赤道平行，与地表呈倾斜角。赤道式日晷在中国历史上最为经典也最为常见，乾清宫前的那座日晷就属于这种形制。这种仪器的产生并没有如现代般方便高超的科技支撑，完全是依赖于古人长时间的耐心下凝结出来的经验和智慧。

日晷作为这么重要的白日计时仪器，理所当然地成为古人心目中时间的象征。古人们日常相逢聚在一起，"共说无生话，不觉日晷移"，拿日晷上影子的移动代表着时间的流逝；日晷的变化还能表明季节的变化，《周髀算经》中说："故冬至日晷丈三尺五寸，夏至日晷尺六寸。冬至日晷长，夏至日晷短。"界明了日晷在不同季节中的长短变化，宋代诗人王之道也曾在冬至这一天作诗道："日晷渐长端可爱，霜华增重不胜清。"日晷有时还会变作耳提面命的光阴使，王安石给皇帝上书："迫于日晷，不敢久留，语不及悉，遂辞而退。"以日晷为名，实则是迫于飞速流失不可逆转的光阴。

顾名便知，日晷只能在有太阳的日子里使用，若遇到阴天下雨，或是在漫漫长夜中，这种仪器便没有用武之地了。但这也难不倒真正有需求的人，古人的夜里有更漏。更漏也是一种古老的计时器具，也叫漏壶。漏壶的原理简单，早期人们会给漏壶中装入一枝有刻度的木箭，当水从壶里漏出时，壶中的水位下降，木箭会随之下沉，人们便借木箭所指的水位来观测时间。这种叫作泄水型刻漏，如果说日晷多少还要依靠自然的外力，更漏就纯粹是产自于人们的智慧了。后来人们又将这种仪器升级，发明出受水型的漏壶，记录时间比之前更为精确了。

既然已到了夜晚，精不精确的其实也就不再有那么重要。白天已经够忙碌了，夜晚也就没有必要那样分毫必较。就像晚上失眠时的钟表，那一下下滴答声也不是为了精确听时，更多是在那周而复始的声音中，照见不眠人的心事。无论是"都人犹在醉乡中，听更漏初彻""兀坐炉香心亦静，闲听更漏夜迟迟"，还是"酒尽露零宾客散,更更更漏月明中",都只是一种不细较的暗夜心情。夜越长,更漏越永,更漏便比白天的日晷更具幽深静谧的氛围。"展不开的眉头,挨不明的更漏",谁没有过这样的夜晚,没有过这样不眠听更漏的心情。

## 围炉夜话

每年年关的仪式感,来自清扫,买花,看丈夫写新对联。今年的年夜饭在我爸妈家吃。爸妈家的年夜饭有几十年如一日的制式,完全插不上手,下午就拉着丈夫去附近山中转转。

去冬末春初的辋川。在白家坪村口停车往里走,道路两旁的墙壁上,王维的诗画已经绘完。墙画和眼前的终南山意融洽,古朴的好看。路遇村里的老人在家门口贴春联,跟邻居说笑抱怨,今年儿女不回没啥年气儿还过什么年。

山中无人,却也有无人的热闹。今年白皮松林长势茂盛,高树梢头落着各样美丽的鸟,千年银杏下的岩石缝里,白色山桃早早盛开。在鹿苑寺的石碑前放下一束红豆和一篇手抄的王维诗文。但因为字丑,丈夫数年如一日地嘲笑着。

感觉到悠远又深静的喜悦。回程见一座没人的老房子,看到门槛上古老的祈愿,和背后古老的节日,更古老的山。

宋朝有个叫释道生的法师曾写过这样一首偈子:"两曜劈箭急,一年弹指间。始见大暑小暑,又是小寒大寒。通身寒暑无回互,笑倒当年老洞山。"古远而有禅意,一年就是这样在不知不觉中无声交替。年中我们是来不及留意的,必得是这一年将尾的大寒时节,诸事暂消,万籁俱寂,你才终于有空来感叹匆匆的时节。年年大寒总与春节紧粘,天地逆极的寒气与年前火热的氛围奇妙地撞在一起,因为人人心中都有期许,身外的严寒也就不足为意了。而这心中的期许,恰恰与世间温暖亲密的情感相连。心中最挂念的那些人,此时又能相见了。

记忆中年关相聚,最好的样子当属围炉。围炉一词,在今天听来难免有些陌生,如今人家里都有空调暖气,很少能见到取暖用的火炉了。但我们这一代,却都有着童年时炉边取暖的记忆。那时候还没通暖,家里烧的都是蜂窝煤,炉子中有煤道,一侧有烟囱,炉子上常坐着水,水壶边偶尔还烤着饼子。蜂窝煤这个名字取得很恰当,端整的一块块小圆柱体,通体黑亮,当中均匀分布着几个小孔,可不就是一个精致的小蜂窝吗?妈妈勤快,家里现成的煤总是摞得高高的,火钳子从当中两个孔中穿过去夹起,再送到已烧得通红的炉道中。年年冬天,我们就围坐在炉边,边聊天边喝热茶,配上烤得酥软的饼和薯。偶尔从一桩趣事或者一则八卦中抬头,就见外面的风透过窗子的缝隙穿进来,掀得玻璃上的塑料纸微微抖动，发出细微摩擦的嗦嗦声。但寒气却没有跟着进来，而是被眼前的一炉膛火隔绝在外。有几年回老家，家中的老人更是早早就将土炕烧得热热的，大家拖了鞋袜一同偎上去，在寒冷中享受这一隅的踏实与惬意。那样的场景我至今仍历历在目，那么家常的样子，血脉至亲的人，一切都是我心头所爱，曾以为会长长久久地这样下去。不承想，当时只道是寻常。

想来围炉的传统，应该与人类聚居的时间一样悠久了。或许那时没有成型的火炉，只是几根树杈一丛篝火，也足够让人围坐。人总不能一直行进在路上，总要有停下来的时候，人们也不能总是分开，总要有相聚的时刻。围炉正是给人们提供了这休憩与团聚的契机。清代有本叫《围炉夜话》的书，作者在序言里说："寒夜围炉，田家妇子之乐也。……余识字农人也，岁晚务闲，家人聚处，相与烧煨山芋，心有所得，辄述诸口，命儿辈缮写存之，题曰《围炉夜话》。"这画面很温馨，岁晚寒冬，年节渐近，一年的匆忙终于结束，新一轮的烦冗又尚未到来，一家人可以聚坐在一起，煨着芋头聊着天，德高望重的老者跟子侄们说着些闲闲的话，旧事与新事，见闻与心得，都在一点一点地，传递着他在过去岁月中沉淀下的些许价值。

炉火还将这本该萧条的时节渲染得温馨浪漫起来，不只是和亲人，有好友来，也要好好地欢聚一番。宋代有首《寒夜》诗，描写了千年前的一场围炉事："寒夜客来茶当酒，竹炉汤沸火初

## 明·杜堇《梅下横琴图》

此画用笔锋利,转折间极见力道。作者杜堇考进士不第后绝意进取,工诗文,通六书,还能作飞白体。也善于绘画,被时人推为白描高手。其人笔力上的功夫,在此画中就能窥见。画中山石的皴折,老树的盘曲,人物细节的干净精细,使得此画显得明快流畅。画中梅花初开,文人雅士在花下抚琴。弹琴也是一件讲求氛围的事。对着高山大川,和对着红梅白雪,指间流淌出的情韵想来也是不同的。

红。寻常一样窗前月,才有梅花便不同。"温情脉脉的相聚之外,又为我们添上了一点浪漫的期待。的确,大寒一过,中国人一年中最重要的节日也接踵而至,而梅开天下之春,北国的梅花此时也终于要开了。于是,人们在炉边插上几枝梅花,为这场聚会点染上阵阵梅香,增添些许别致清韵。

一年中没有几次这样的时候,大家坐在一起回顾这一年,尽是说不完的话。我亦会在此时回望岁时。从春雨惊春,到夏满芒夏,过秋处露秋,再到寒冬腊月苍茫的大小雪,天地间的生灭变化、人世间的兴衰更迭,都默默融化在这四时的轮转中。二十四节气在中国已流传了几千年了,战国的古籍《逸周书·时训解》中,就已有了相当成熟的二十四节气物候。隔着两千多年回看,当时人们在一年中所看到感受到的,和今天的我们毫无二致。立春后,风渐渐开始不那么冷了。雨水后,草木萌动,鸿雁归来。再过一个月,桃花忽然就开了,还没来得及惊讶,枝头黄莺都开始叫了。又过了几天,老鹰不见了,布谷鸟却站在梢头,是老鹰化作的吗?……春天很忙,春种似乎还没结束,转眼就立夏了。夏天是从蝼蝈的鸣叫和蚯蚓的苏醒中到来的,而后天一天天热起来,大暑过后,腐草化为萤,空气越来越炎热,土地越来越潮湿,时常有大雨倾盆而下……这一场雨冲散了暑气,立秋这一天,吹到脸上的都是凉风了。早上出去能看到路边草木上滚着晶莹的露水。而后鸿雁来宾,菊有黄华,草木凋落,摧枯拉朽的衰败一下子就侵袭过来……

一天比一天由凉转冷，倏忽间竟落下雪了，雪后虹藏不见，地上的气息越来越阴冷，天地渐渐凝结，年岁也到了尾声，人们从四方归来，在炉边团团围坐……疲惫的筋骨在炉火的温暖中得以舒展，于是人们懒洋洋地开始回忆，这一年又发生了多少事？又经历了哪些离别与重逢？当初心头的那个梦，此刻是更近了还是更远了呢？

我实在深爱这四时中默默发生着的一切。这些年一直没有间断关于节气的观察与书写，从新年立春时绽放的第一朵梅花，一直写到岁末房中的最后一捧温暖，生命不可逆地向同一个方向行进，自然却永远连绵不绝。看似是相类节物的周而复始，但我们却难免在这一轮一轮的更替中慢慢老去。这时节带来的种种仪式感，值得我们珍惜。岁末静好，大家不妨停下来，而珍视的人一起围炉而坐，共同回顾这一岁中新的往事。

# 后记

这些文字大都写于二十八岁前。二十八岁这年我有了女儿,生命状态的变化,连带着文字也会发生改变。并不是说做了妈妈就是什么了不起的成就,只是随着这小生命的到来,不知不觉就会牵扯进更深的生活。等你在某个瞬间觉察到,自己依然是一个独立的个体,可从前天地间的一切,无形间已悄悄改变。尽管仍是和从前一样的四季,一天依旧只有那二十四小时,目之所及的景物似乎也总还就是那些,但心境却随着身份的成长而变化,再回不到简单的当年。

这是一部关于风物的小集,断断续续地,记录了我对风物一点浅显的所阅、所感与所知。因为多来自报刊约稿,因而文史知识或多强于个人感悟。在这个纷杂的时代,这些文字及它们所描述的景物明显有些旧了,或者说是寻常。桃花,雨檐,河川,明月，蟹，茶与酒，松柏和山雪，甚至还有消寒图、《月令集》这些，都已不太是现代人眼中的新鲜风景，而是裹挟着一身古意，从"诗""骚"时代起被反复地传唱，或者做进丹青里妥帖收藏的。而一个世纪以前的有识之士辛苦掀起的新文化运动，就是为了打开人们的视野，将更新鲜生动的表达还给千年来被迫闭目塞听的普通人们。而本书中所录的种种细碎，不仅如今看来并无新意，就是放到一个世纪前，也是有些旧而琐细的。絮絮叨叨，要将本就不够开阔的自己束缚回狭小的旧笼子中去。我都可以预料，多年后回看肯定会觉得汗颜。但我的朋友，同时也是我当时的编辑却劝我说："表达本身就有意义，起码对自己。"

这话多少给了我一些信心，加上文字本就是有求生欲的，纵然相似的内容已经有了千万种表达，但眼前的这十万字，却是世间一份独属于我自己的心路。它多少记录下了一个年轻的中国女孩，在最平凡的四时生活里得到过的种种信息。

那个时候，生活还是轻盈的。花与雪，风与月，书与琴，都仿佛是这纯净岁月里唯一重要的事。我会在春时赏花，还不能是路边看到的随随便便的花，桃有桃开的地方，杏有杏落的山谷，还有近年来才慢慢见到的垂丝海棠，芍药牡丹，都有它的所在。夏日里要进山，既占着秦岭、终南比邻的方便，是一定要在那几十个峪口中寻觅到风景最佳处。秋天得听雨，如今高楼的房中是没有感觉了，就去公园的石阶上，佛寺的檐廊下。冬天要赏雪，曾走过好几十里的山路，只为推门雪满山的震撼。反正凡是生活过的地方远近，都留下过我探访游玩的脚步。后来为人妻为人母，在生活的褶皱中体味到人生更深更真实的滋味。这些是当年很年轻时绝感受不到的。所以这些文字对我来说的独特也正在此，而从今以后，我应该再不会，也写不出这样简单纯粹的文字了。

于是便将这些作为轻盈的纪念吧，同时送给女儿丸子，为了在将来告诉她，妈妈曾经这样幸运，毫无察觉间受到许多无声的保护，才能有这一段纯美宁静的生活。